まりも日記

真梨幸子

講談社

目次

デザイン　中村 妙（文京図案室）
装画・挿画　しのはらえこ

まりも日記

まりも日記

腐乱死体になるその前に　10・07・11 up

気がつけば、２０１０年。つまり、21世紀になって9年。作家デビューして4年。……そして、エアコンが壊れて、３年。今年も、冷房なしの夏がやってきた。

慣れとは偉大なもので、あんなに暑がりだった私も、32度ぐらいまでなら扇風機もいらない体になった。「私はみごと、暑さを征服したわ」などといい気になっていたのだが、その油断がいけなかった。

先日、〝熱中症〟というものになってしまった。それは、お風呂上《ふろあ》がり。

とにかく、思考が定まらず、視界もぐらぐら。いつもの貧血かと思っていたのだが、お風呂のドアを開けたとたん、意識が鼻から抜け、そのまま失神してしまった。

「あ、死ぬな」と。そして、しばしの暗転。

気がつくと、私は天井近くにいて、ブザマな自身の姿を見下ろしていた。素《す》っ裸《ぱだか》で大の字でぶっ倒れている間抜けな中年女。

「あら、いやだ、みっともない。せめて下着をつけないと」そう思った瞬間、意識がすぅぅと体に吸い込まれ、目を覚ましたのだった。そのあと下着だけをつけて、再び暗転。

「あ、でも、このまま死んだら、この季節、腐乱死体になって、ご近所に迷惑だわ」と、もう一度目覚めた私は、匍匐《ほふく》前進で冷蔵庫まで行き、冷たい麦茶を一気飲みし、そのあと胃の中のものを全部吐《は》き出《だ》すと、パンツ一枚でフローリングの床に倒れこんだ。

幸い、翌朝、（ゲロまみれの中）いつものように目覚めたわけだが、一歩間違っていたら、間違いなく死んでいたな……と。ここで、はじめて、一人暮らしの恐ろしさを実感したのだった。

今、私が死んだら、発見されるまでにかなりの時間を要するのは明らかだ。たぶん、腐敗臭がしてご近所さんが騒ぎ出し、それでようやく発見されるんだろう。それではあまりに申し訳ないので、せめて、腐乱死体になる前に発見されてほしいと思い、生存確認用に、日記もどきなブログをはじめることにした。

私の知人・友人、そして仕事関係の人がここをのぞきに来ていることを信じて。

夏は乗り切れそう　10・07・20 up

3ヵ月契約の派遣仕事（出稼ぎ）が決まった。データ入力の仕事で、データ入力はあまり得意ではないが、夏は乗り切れそうだ。日中は涼しいオフィスの中。問題は熱帯夜だが、経験からいえば、ひどいのは数日だろう。それに、33度ぐらいまでならなんとかなる体に仕上げている。

よし、今年の夏も頑張って乗り切ろう！

……と拳《こぶし》は上げてみたが、ちょっと虚《むな》しい。なにしろ、このブログの訪問者は、一日平均二人。つまり、私と、通りすがりの誰か。つまりつまり、……誰にも見られてないということだ。生存確認のためにはじめたというのに。……まあ、仕方ない。これが世の中。せっかくなので、誰も見ていない独《ひと》り言《ごと》ブログをまったりと続けたいと思う。

犬との暮らしを夢見て　10・08・09 up

今のところ、今年の夏はそんなに暑くない。今日なんて、30度いかなかった。おかげで、なんとか生きている。

さて、心が捻《ね》じ曲がっている私は、世間で「泣ける」とか「感動的」とかいわれる作品で、泣いたためしがない。我ながら冷たい人間だと思うのだが、それでも、「号泣」した作品が少なからずある。

「フランダースの犬」「ハチ公物語」「名犬ラッシー」。

要するに、「犬」の話に弱いのだ。特に大型犬。散歩をしているのを見かけるだけで、涙ぐむ私だ。

だから、動物を飼うことがあったら、無論、犬だ。

ある占いによると、犬は私にとってラッキーアイテム。いつかは飼いたいと思っているが、今の経済状態では、とてもとても。でも、60歳ぐらいまでには飼いたい。そして、犬がその生涯を終えた1年後ぐらいに私の寿命もつきる（80～81歳ぐらい）。そして一緒の墓に入って……なんていう妄想をしている。

これは、ヤバい　10・08・16 up

やはり、夏だ。夏を甘く見ていた。今日の最高気温は37・7度。ほぼ38度で、人間の体だったら病院に行かなくてはならないぐらいの高温だ。日中は幸いなことに仕事（出稼ぎ）だったからどうにか暑さをしのげたが、夜がヤバい。今まさに、ヤバい。……頭痛がひどくて、思考も定まらない。ヤバい、これはヤバい……。

現実は、いつでも番狂わせ　10・10・23 up

前の日記から、だいぶ、間が空いた。

悟ったのだ。ブログなんか更新しても、何の助けにもならないと。

結局、あの夏の夜、私はパソコンを覆《おお》うように倒れた。最後の力を振り絞り、デスク横にあった固定電話の子機を手繰《たぐ》り寄《よ》せ、自力で救急車を呼ぼうとした。そのとき、ハッと思い出したのだった。

保険証がない。

無論、保険証がなくとも救急車はやってくるだろうし、適当な病院に運んでくれるだろう。が、そのあとがヤバいのだ。保険証がなければ自費になる。そして多分、保険証を作ることを勧められるだろう。それがヤバいのだ。なんやかんやと5年ぐらい、保険証は持っていないからだ。5年前、正社員をしていた会社を辞めたとき、国民健康保険の手続きをしなかった。だって、すぐに次の仕事が見つかると思ったから。それに、病気もせず、保険証のお世話になることもなかったから。が、次の仕事は見つからず、短期の派遣とアルバイトで食いつないでいるうちに、5年が過ぎてしまった。もっとも、この5年の間に私は小説家デビューを果たし、さあこれで晴れて保険料を払えるぞ……と国民健康保険に加入しようと思ったこともあった。ところが、小説はまったく売れず、デビュー年の小説の収入は60万円ちょっと。翌年は40万円、その翌年は……。保険料なんて払っている場合ではなかった。そうして、5年が過ぎたのだった。

今更保険証を作ったとしたら、相当ヤバい。5年分取られてしまう。ざっと計算してみたことがある。……5年で133,323×5＝666,615。もちろん、それだけでは終わらない。サラ金の金利より高いと言われる延滞金がつくのだ。延滞金の利率が年14・6％。延滞金だけで約50万円!? 聞いた話だと、国民健康保険の取り立てはサラ金以上らしい。いわゆる強制執行という権力を振りかざし、財産を差し押さえるのだという。

……考えただけで、胃に激痛が走る。

なら、このまま死んだほうが、いっそマシなんじゃないか？　……そう考え直して、救急車は呼ばずにおいた。

思い残すことはない。この世に未練などない。子供もいなければそもそも伴侶《はんりょ》もいない。守るべきものがないということは、なんて自由なのだろうか。死にたいときに死ねるじゃないか。思えば、そんなに悪い人生でもなかった。まったく売れないが、小説家としてデビューすることもできたし、大きな不幸に見舞われることもなかった。私にしては過分な人生だ。

……アデュー、私の人生。

が、私の体はかなり頑丈に出来ているようだ。翌日には、ゲロまみれの中、ちゃんと目が覚めた。そして、仕事（出稼ぎ）にも出かけた。

前置きが長くなった。

今日、久しぶりにブログをアップしようと思ったのは、私の人生にとって大事件が起きたからだ。

前に、「飼うなら犬だな」と記した。が、どういうわけか、猫を飼うことになったのだ。

まあ、あれだ。「結婚するなら、こうでああでこんな人と……」と常日頃言っていた娘が、それとは正反対の男とデキ婚……というやつだ。

二人のおばさん　10・10・24 up

言い訳ではないが、私は、動物を飼うことに関してはかなりの慎重さを発揮してきたつもりである。

衝動的に飼ってはいけない、そのときの感情に流されて無責任に飼ってはいけない……と、数々の誘惑を蹴《け》散《ち》らしてきたつもりだ。

というのも、私には衝動的かつ無責任かつ無計画な叔母がいる。母の妹にあたる。

水商売をしている叔母は、まるでアクセサリーを買うようにペットを買っていた。しかも彼女の部屋に遊びに行くたびに、ペットは変わっていたのだ。熱帯魚、インコ、つがいの文鳥、うさぎ、そして犬。同時に飼っているわけではない。なら、それまで飼っていたペットは？……恐ろしくて、私はそれを問うことはできなかった。

そう、私はこの叔母が怖くて苦手で、そして嫌いだった。叔母は、ペットだけでなく、自分の子供（私のいとこ）まで捨ててしまうような人だった。……捨てたというか、夫の実家に子供を押し付けて離婚したのだ。……まあ、親戚《しんせき》は皆「捨てた」と言っているから、それで間違いないのだろう。

とにかく、子供を捨てるだけあって、何事にも無責任で無計画で熱しやすく冷めやすくて、そして衝動的な人だった。ただ、上機嫌なときは大盤振る舞いがはじまるので、私はそのときを狙《ねら》って、叔母の部屋を訪問したものだ。運がいいと1万円の小遣いがもらえた。もっとも、そんな幸運は一度だけだったが。

　が、タイミングを間違えると、とんだとばっちりを食らう。その日も、「機嫌がいいみたいよ」という母の言葉を信じて叔母の部屋を訪ねたのだが。……叔母はすこぶる機嫌が悪く、チーちゃんを足蹴《あしげ》にしていた。

　チーちゃんというのはそのとき叔母が飼っていたシーズー犬だ。馴染《なじ》みの客に買ってもらったというメスのシーズーで、叔母の寵愛《ちょうあい》ぶりはクレイジーそのものだった。高価な服を日替わりで着せ、犬専門のサロンに毎日のようにタクシーで通い、ブラッシングだシャンプーだトリミングだと、大はしゃぎしていた。が、1年も経《た》つと服はヨレヨレのボロボロ、毛は伸びっぱなしでまるでモップのようだった。……そう、叔母は、明らかにチーちゃんに飽きていた。餌《えさ》をあげるのも面倒くさいようで、ドッグフードのストックも見当たらない。かわいそうなチーちゃんは部屋の隅《すみ》で体を丸め、おもちゃのボールをひたすらかじっている。そのそばには、排泄物《はいせつぶつ》。

「ちょっと、あんた、この子を横浜に連れて行って」

　その日、私はそんなことを叔母に命令された。

　横浜には伯母がいる。母の姉にあたる人で、堅実に専業主婦をしている。叔母とは正反対の性格の人で、子供の私から見ても立派な大人だった。私は、心の中で「良《い》いほうのおばさん」と呼んでいた。ちなみに、叔母は「悪いほうのおばさん」。姉妹なのに、光と影のような二人だった。この二人は仲が悪く、だからこの日も、叔母は私を利用したのだ。

「あんた、姉さんに可愛《かわい》がられているからさ、あんたが行けば、姉さんだって無下にしないだろうから。チーを、姉さんのところに連れて行ってよ」

つまり叔母は、自分の姉にチーちゃんを押し付けようというのだ。

なんて人なんだろう？　だったら、初めから飼わなきゃいいのに。

とてつもない嫌悪感を覚えた。

長くなったが、私がこの歳《とし》になってもなかなかペットが飼えなかったのは、この「悪いほうのおばさん」の影響だ。

なにしろ、私には、あの「悪いほうのおばさん」と同じ血が何分の一かは流れているのだ。あの人と同じ轍《てつ》を踏むかもしれない。

が、その一方で、私には「良いほうのおばさん」と同じ血も流れている。

「良いほうのおばさん」は、押し付けられたチーちゃんを子供のように可愛がり、チーちゃんの寿命がくるまで愛情を注いだ。その間に、夫婦別居、離婚、自身の病気など数々の不幸に見舞われたが、チーちゃんを最期まで手放すことはなかった。

だから、きっと、私にもできるはず。……ペットを家族として、最期まで愛せるはず。

そう自分に言い聞かせながら、私は、猫を飼うことを決心したのだ。

人はそれを「運命」と呼ぶ　10・10・26 up

猫を飼うことになった……ということは、先日の日記で書いたが。

なぜ、そんなことになったのかは、まだ言及していなかったことを思い出した。

小説家としてデビューして早4年。が、その内容がマニアックすぎるせいなのか、時流に乗ってないせいなのか、そもそも面白くないからなのか、さっぱり売れず。デビュー当時、「まさに、大型新人。10年に一人の逸材です！」「これは、話題になりますよ。すぐに売れっ子作家の仲間入りですよ」なんて甘い言葉で私をメロメロにした人たちはもう私の周囲にはいない。2ちゃんねるでも話題になることはなく、悪口さえ見かけない。一度スレッドが立つも、1週間もしないうちにｄａｔ《ダット》落ち。

そんなこんなで、去年はノベルスが1冊発売されたのみ。初版４０００部。印税は消費税込み約35万円。エッセイの仕事すらなかったから、去年の本業の収入は約35万円となる。確定申告のときに、税務署の人に「これで、暮らしていけるんですか？」と心配されるほどの、雀《すずめ》の涙の収入。

もちろん、それでは暮らせない。

だから、仕方なく、アルバイトやら派遣社員やらをしている。

今は、某ターミナル駅南口にほど近い雑居ビルのオフィスで、データ入力の仕事をしている。仕事自体は苦ではないのだが、人間関係がいちいち面倒臭い。だから、昼休憩はなるべく、外で過ごすようにしている。

その日、あまりに天気がよかったので駅前にあるＳデパートの屋上に行ってみる気になった。

人だかりができていた。

屋上の一角にあるペットショップだ。

なになに？　と、覗《のぞ》いてみると、ガラス越しに、子猫が数匹放たれていた。

「うっわ、なにこれ、ヤバっ」

子猫の可愛さは強烈だ。特に猫好きではない私だったが、つい、釘付《くぎづ》けになる。

猫は、４匹いた。今流行《はや》りの耳が折れているスコティッシュフォールド１匹、縞《しま》模様が美しいアメリカンショートヘア２匹、キラキラとした毛並みのペルシャ１匹。どれも、鼻血が出るほど可愛らしい。つい、衝動的に購入してしまいたくなるほどに。……が、その値段は、どんな衝動が走ったとしても、到底、私の手の届くような値段ではなかった。ガラスの下に貼《は》られている価格表には、「スコティッシュフォールド♂25万円、アメリカンショートヘア♀20万円・♂18万円、ペルシャ♀30万円」とある。

つまり、私のような貧乏人はお呼びでない……ということなのだ。

が、価格表にはよくよく見ると、「ブリティッシュショートヘア♀５万円」という文字も見えた。……5万円でも私にとっては高額だが、それにしたって、他《ほか》の子猫の値段からすると、えらい安い。

……って、ブリティッシュショートヘアって、何？　というか、どこにいる？

うん？

なにやら、奥の方で黒っぽいものが見える。

はじめは、毛布か何かだと思った。でも、よく見ると。

「うわっ」動いた！

それは、他の子猫の3倍はあるような巨大な猫だった。毛布だと思ったのは、その毛並み。ビロードのような深い灰色だ。

価格表をよくよく見ると、生年月日も記されていた。他の子猫が生後2ヵ月から3ヵ月なのに対して、「ブリティッシュショートヘア」だけが生後8ヵ月。

……8ヵ月。猫の年齢はよく分からないが、でも、もうほとんど大人なんじゃ？　なるほど、だからこんなに価格が下がってしまったのか？　などと考えていると、他の子猫たちがちびっ子ギャングよろしく、その灰色の猫に集まってきた。

「よーよー、そこのでかいの」「あんた、いつまでここにいるわけ？」「君がここにいると、邪魔で仕方ないんだよね」「君のせいで、なんかここの雰囲気が暗くなるんだよ。僕たちの価値まで落ちちゃうよ」「ホント、営業妨害」「この売れ残りが！」

とばかりに、子猫たちが集団で、灰色の猫に飛びかかっていく。

「やめてください、お願いです！　あたくしのことは放っておいてください！」

と言わんばかりに、灰色の猫が必死に抗《あらが》う。が、もちろん子猫たちはやめない。

「やーい、やーい、売れ残り！」「大飯食らいのろくでなし！」「お前のかーさんデベソ！」

「本当にやめてください！　あたくしには関《かか》わらないで！　あっちに行ってください！　あっちに！」

あ。目が合ってしまった。

胸が、ズキンと痛む。

が、灰色の猫はとっさに目を背けると、

「いえいえ、いいんです。あなたに助けを請《こ》うようなことはいたしません。あなただって、辛《つら》いお立場なんでしょう？　見れば分かります。……だって、髪はパサパサで、顔はすっぴん。服は見事なファストファッションでしかも時代遅れのデザイン、さらに毛玉だらけ。薄汚れたスニーカーに、タイツは伝線しているときている。まるで、法廷に立つ被告人のような出《い》で立《た》ちではありませんか。お見受けしたところ、40代半《なか》ばといったところなのに、この落ちぶれよう。絵に描いたような〝負け組〟じゃありませんか。……ええ、あなたのようなお可哀想《かわいそう》な人に、助けてもらおうなんて思ってやしません。だから、さあ、とっととここから立ち去ってくださいな。どうせ、冷やかしなんでしょう？」

とばかりに私を一瞥《いちべつ》すると、灰色の猫は岩のように部屋の隅っこで固まってしまった。

「ちぇっ、またはじまった。こうなるとビクともしないんだよ、こいつは」「あーあ、面白くない！　ホント、ノリの悪いやつ！」「あ、あっちに新作のじゃらしがあるぜ？　あれで遊ぼう！」「うん、こんなのは放っておいて、じゃらしで遊ぼう！」「そうだね！　じゃらしで遊んでいると、お客さんの食いつきいいもんね！」

などと、移り気な子猫たちは、ようやく灰色猫を解放したのだった。

でも、きっと、これで終わりじゃない。この灰色猫はこれからもずっと、あのやんちゃっ子たちのオモチャにされるのだろう。

……まるで、小学校の頃の私だ。

「あの」

私は、いつの間にか店員に声をかけていた。

「あの灰色の猫なんですが――」

「ああ、ブリちゃん」

「ブリちゃんっていうんですか？」

「仮の名前ですけどね。ブリティッシュショートヘアだから、〝ブリ〟ちゃん」

「そのブリちゃんは、どうしてあんなに大きくなるまで、ここに？」

「……まあ、簡単に言えば、売れないからです。ここだけの話、はじめは25万円だったんですよ。ところが4ヵ月が過ぎて20万円に、半年が過ぎて10万円に、いよいよ8ヵ月になって、先週、5万円まで値を下げたんですが。……それでも、売れる気配がなくて」

何か、私自身のことを言われている気がして、私は尋《たず》ねずにはいられなかった。

「どうして、売れないんでしょう？」

「ブリちゃん、ご覧の通り、ちょっと愛嬌《あいきょう》がないんですよ。だから、お客様が喜ぶようなことを一切しない。他の猫たちとも戯《たわむ》れたりせず、一人……というか一匹で隅っこのほうに隠れてばかり。要するに、人見知りが激しいんです。抱っこも苦手で。お客様が試しに抱っこさせてください……とリクエストしても、ブリちゃん、お客様をひっかいちゃうんです。その傾向は大人になるにつれて、ひどくなるばかりで。……いいところもあるのに、困ったものです」

やはり、自分のことを言われているみたいで、私は、これも訊《き》かずにはいられなかった。

「このまま売れなかったら、……どうなるんですか？」

「なぜ、そんなことを？」

「いえ、私、こう見えても小説家でして。後学のためにも、教えていただきたく」

「もちろん、買ってくださる方が見つかるまで、値を下げながら待ちますよ」

「それでも、売れなかったら？」

「そうですね。スタッフが引き取るか――」

「引き取るスタッフがいなかったら？」

「猫カフェ、または動物プロダクションに引き取ってもらうか――」

ここまで言って、店員さんは言葉のトーンを落とした。

「でも、ブリちゃんにはそれは無理かもしれません。なにしろ、愛嬌がなくて人見知りも激しい。これでのんびりした性格ならまだしも、神経質なところがあって、ちょっとした音でも怖がってパニックになってどこかに隠れちゃうんです。これじゃ、猫カフェのキャストも動物プロダクションのタレントも無理でしょうね」

「じゃ、ブリちゃんは――」

「まあ、そうですね……」店員さんは、ごにょごにょと言葉を濁《にご》した。

「まさか、殺処分？」

「いえ、まさか、そんな。それはないです。どこにも引き取り手がなかったら、ブリーダーさんにお返しするだけです」

「じゃ、そのブリーダーが『この猫は役立たずだから、もういらない』ってなったら？」

「さすがに、そこまでは分かりませんよ。ブリーダーさんにお返ししたら、もううちとは関係ありませんから」

やっぱり、殺処分？

私は、物事を極端に考えがちだ。だから、このときも、いつか見たペットビジネスの闇《やみ》……的なドキュメンタリー番組を思い出していた。その番組では、売れ残ったペットが殺処分されている様子が映し出されていた。

居ても立ってもいられなくなった。

「飼います。私、ブリちゃん、飼います」

私の口からは、いつの間にかそんな言葉が飛び出していた。

「は？」

店員さんは、その目に疑いの色を滲《にじ》ませながら、ニヤリと笑った。「衝動買いっすか？　よくよく考えたほうがいいっすよ」と言わんばかりの、歪《ゆが》んだ笑顔。

いや、これは、衝動ではない。

多分、「運命」だ。

だって、その日は私の誕生日。46歳になった。

愛の献綿　10・10・27 up

そんなこんなで、猫を飼うことになった。明日、ショップに引き取りに行く。

昼間、ショップの店員から電話があり、引き渡し前の検査では異常はなかったこと、そして本当に購入するのか？　という意思確認があった。こんな確認があるということは、「あ、やっぱりやめますぅ」という客が多いのかもしれない。ペットショップでその可愛らしさから衝動的に

「飼います！」と言ってみたが、気持ちが冷めてしまうケース。が、私の場合は「衝動」ではない、「運命」だ。だから、「もちろん、気持ちは変わっていません。明日、仕事が終わったら、寄ります。夜の７時頃になるかと思います」と、固い意思を表明した。

幸い、自宅の目と鼻の先に、24時間営業の大型ディスカウントショップがある。そこに行けば大概のものは揃《そろ》う。猫トイレに砂にキャットフードに、それからそれから。「はじめての猫」的な本を片手に、あれもこれもカートに入れていく私だったが、猫ベッドをつかんだところで、ふと、気になった。……この時点で、合計金額いくらなんだろう？　暗算は苦手だが、カートの中身を大雑把に計算してみる。……８０００円を超えている！　これは、いけない。今、財布には５０００円ぐらいしかない。カードはなるべく使いたくない。今月は、すでにアマゾンで本をしこたま購入してしまった。どれも小説の資料。今、革命前夜のフランスを舞台にした小説に取り掛かっている。が、この手の資料本はなにしろ高い。一冊２万円……なんていうのもあった。さらに、服と靴も買ってしまった。……いや、だって、とっても素敵なワンピースだったものだから、つい。そうなると、靴も欲しくなるじゃないか。それらの合計金額が、もうすでに５万円ほどになっているはずだ。これ以上は使えない。でないと、住宅ローンが……。仕方ない。私は猫ベッドを棚に戻した。そういえば、手作り猫ベッド……というものをネットで見た気がする。いらなくなったカットソーやセーターをリメイクして、猫ベッドにするのだ。

　猫ベッドが出来上がったのが午前4時すぎ。意外と手こずった。まずは、いらないカットソーまたはセーターというものがなく、どれも現役。この現役選手たちの中から戦力外通告をしなければならないものを選ぶ。なんて辛い作業なのだ。それでも、どうにかこうにか選んだローラアシュレイのコットンセーター。大のお気に入りだったが、もう20年近く着ているのでさすがに毛玉が激しい。よし、これにしよう。……が、難関はこの先にあった。中綿がないのだ。中綿がなければ、ただの古着の塊《かたまり》だ。はて、どうする？　と部屋中を見渡し、くまのぬいぐるみに目が留まる。前の前の前の会社を退職するときに、同僚に記念でもらったもので、〝べっくん〟という名前の、人間の2歳児ぐらいの大きさの、ぽっちゃりぐまだ。……べっくんに犠牲になってもらう？　あの大きさならば、綿の量も十分だろう。

「マジですか？　僕の内臓を取り出せっていうんですか？」

　べっくんが、悲しい視線を向ける。

「内臓だなんて……。ただの綿じゃないですか。それを少し、融通してください」

「いいですよ。あなたにはお世話になりましたからね。どうぞ、僕の内臓を差し上げますよ。さあ、おとりなさい、僕の内臓を！」

　……結局、べっくんからは、足の部分から少しだけ綿をいただいた。足が細くなって、ちょっとイケメンになった気がする。

もちろん、それだけでは足りないから、枕《まくら》、クッション、布団と、部屋中のものから少しずつ綿を抜いてかき集め、それをローラ アシュレイのコットンセーターに詰め込む。

ああ。まさに、これこそ愛の献綿。

綿をくれたみんな、ありがとうね！　おかげで、立派な猫ベッドが出来上がったわ！

……でも、何かもっと大きくて重要なことを忘れている気がする。

何だろう……と考えること、数分。

「そうだ、名前だ」

一応、ブリちゃんという仮の名前がある。でも、どうやら本人はそれを気に入っていない様子だった。ショップの店員が「ブリちゃん、ブリちゃん」と呼びかけても、反応すらしていなかった。それどころか逃げてしまう。だから私は、抱っこどころかその体に触れることもできなかった。

きっとそれは、名前がいけないからだ。名は体をあらわす……ともいう。〝ブリ〟だと、それこそ魚の〝ブリ〟のようで、あるいはブーブークッションの例のおなら音のようで、だから、あんな頑《かたく》なな態度をとってしまうのかもしれない。

ならば、まずは名前だ。

それから2時間。ああでもないこうでもないと考えていたら、頭の中に「まりも」という文字が浮かんだ。

これだ。

「まりもの星」　10・10・28 up

私が小学校の頃は、「小学○年生」といった学年雑誌や少女漫画雑誌には、必ず「バレエ」をテーマにした作品が連載されていたものだ。「母探し」というオプション付きで。

私が好きだったのは、学年雑誌に掲載されていた、「まりもの星」。

お父さんは外国に行ったまま行方不明、元バレリーナのお母さんも失踪中《しっそうちゅう》でしかも記憶喪失、残されたのは、ヒロインなでしこちゃんと幼《おさな》い妹れんげちゃん。なでしこちゃんは母を探しながら、険《けわ》しいバレエの道を突き進む……というようなお決まりのストーリーだ。

ところで、この「小学○年生」シリーズには恐ろしいトラップが張られている。年齢詐称が一発でバレるというトラップだ。私が読んでいたのは「まりもの星」だが、これは、１９６４年度生まれの人を対象にした漫画。つまり、１９７１年４月に小学１年生になった「小学一年生」の読者を対象にした連載漫画だ。同じように、１９６２年度生まれの人は「さよなら星」、１９６３年度生まれの人は「かあさん星」、１９６５年度生まれの人は「バレリーナの星」、１９６６年度生まれの人は「ママの星」というのを読んでいたはずだ。つまり、このバレエシリーズ、同学年の人しか共有できないひどく狭い閉じた世界の中で展開されている。なので、同じバレエシリーズでも、学年が違うとまったく知らないという現象が起こる。私も、「さよなら星」とか「かあさん星」とか、まったく知らなかった。……ということで、どのバレエシリーズを読んでいたかによって同時に年齢も明らかになるという恐ろしい仕組みなのだ。

これを利用して、なにかミステリー小説が書けないか。年齢詐称していた犯人が、ぽろっと口にした「まりもの星」という言葉。これをきっかけに、犯人の嘘《うそ》まみれの人生が明らかになり……。

……と、前置きはここまでにして。

本日、「まりも」さんをお迎えした。

午後6時半、仕事を終えると脱兎《だっと》のごとく、Sデパート屋上のペットショップに向かう。店員さんに抱かれて、まりもさん登場。いや、この時点では、まだ正式には「まりも」ではない。もしその名を呼んで気に入ってくれなかったら、即、他の名前にするつもりだった。第2候補は、「モナミ」。大好きな「名探偵ポアロ」の口癖《くちぐせ》。フランス語で、「私の友人」「私の恋人」という意味だ。

……まりもさん。

店員の腕の中、逃亡を必死に試みている彼女に向かって、私は恐る恐る呼んでみた。

「え？　なんですって？」

まりもさん。

「誰が〝まりも〟ですって？」

まりもさん。

「あら、いやだ。もしかして、それ、あたくしのこと？」

まりもさん。

「悪くないわね。いいわよ、その名前で」

そして、まりもさんが、「仕方ないわね。特別よ」とばかりに、私の腕の中へ。

うっわ……。ヤバい。私の心は一瞬でとろけた。だって、腕の中のまりもさんは……ふわふわでプニュプニュでほかほかで。……そして、かすかにプルプルと震えている。

見た目は子猫とは思えないほどのでっぷりとした存在感なのに、実際は、私の手の中にすっぽり収まるほど小さくて、軽くて、儚《はかな》げで……。もしかしたら、その毛の中の正体は、やせっぽっちな寂《さび》しがり屋さんなのかもしれない。……そうか。見た目ががっしりしているから、そして子猫にしては愛嬌がないから売れ残っちゃったけど、本当は、こんなに小さくて……そして寂しかったのだ。他の子がどんどん引き取られていく中、心細くて仕方なかったのだ。一匹ぼっちが怖くて仕方なかったのだ。だから、こんなに震えて。

「ごめんね、まりもさん。迎えに来るのが遅くなって」

……と、キュッと抱きしめようとした瞬間、

「調子に乗らないで！」

と、シャーッと爪《つめ》の応酬。

右の手の甲に、一本の赤い筋が刻まれた。

これはきっと、「飼い主として認めてやろう」という印かもしれない。そんなことを思いながら、まりもさんとともに帰路につく。

さあ、まりもさん。私たちのスイートホームに帰りましょう。所沢に！

でもね、まりもさん。早速なんだけれど、言っておかなくちゃいけないことがあります。「関白宣言」ならぬ、「貧乏宣言」。

私、今日、失業しました。

いや、もちろん、本業は「小説家」なので、正確には「失業」ではないのだけれど。……でも、私の収入の大半を占める派遣の仕事がね、今日で終わってしまったんです。今日、派遣会社の営業さんが来てね、「更新はないです」って言われちゃったのです。てっきり更新があるものとばかり。そのつもりで、いろんなものを買ってしまったのに。

だから、明日から、職探しです。

あ、それと。これもちゃんと言っておきますね。……うち、めちゃくちゃ貧乏です。去年の年収は２００万円いきませんでした。今年は、それをも下回る勢いです。今日、まりもさんを引き取るために５万円＋消費税を支払いましたので、財布の中身は３０００円とちょっと。口座の残高は3万円とちょっとしかありません。あ、でも、安心してください。出版社に前借りをお願いしてみますので。多分、大丈夫です。前も、それで乗り切りました。その前借りが11万円。これで、当分はなんとかなります。来月の中頃には、派遣の仕事のお給料も入金される予定です。だから、ギリギリなんとかなる予定です。……こんな感じで自転車操業な我が家ですが、よろしくお願いします。


「……なんか、不安しかないんだけれど。……あなた、本当に大丈夫なんですか？」

まりもさんが、そんな目で見た。

「大丈夫です。今までも、これでなんとか生きてきました」

「あなた一人ならそれでよかったかもしれないけれど。……あたくしは、お金のかかる女ですよ。なにしろ、血統書つきのブリティッシュショートヘアなのですから」

「そういえば、ブリティッシュショートヘアって、どんな猫なんですか？」

「あら、あなた。そんなことも知らずに、あたくしを？　これだから庶民は……。ブリティッシュショートヘアは、紳士淑女の国、英国で誕生した猫ですのよ。この美しい毛色は、『永遠の傑作』とまで言われているんですからね」

「そうなんですか！　私、イギリス、大好きです。シャーロック・ホームズも、ポアロも大好きです！」

「それはそうと、早速、避妊手術もしてもらわないと困るんですけど」

「避妊……手術？」

「そうよ。本当は、生後半年ぐらいでしなくちゃいけないんですけど。発情期が来る前にね。なのに、あたくし、もう8ヵ月よ？　発情期が明日にでもきそうなんですけど」

「発情期がくると、ヤバいんですか？」

「そうよ。あたくしがあたくしでなくなるのよ。一日中『男が欲しい〜男が欲しい〜』って鳴き騒ぐビッチに成り下がってしまうんですのよ。あたくし、そんなの耐えられませんわ。それに、体力を消耗して、寿命も縮むんですのよ」

「発情期って、そんなに大変なんですか……」

「人間だってそうじゃありませんか？」

「随分と昔のことなので忘れてしまいました」

「いずれにしても、あたくしはお金のかかる女よ。覚悟しておいてくださいな」


追記。

我が家に到着すると、早速、献綿でこしらえた猫ベッドをまりもさんにご紹介。ところが、

「は？　何、これ？」とばかりに、見事に拒否られた。

徹夜したのに。綿をあちこちからかき集めたのに。でも、不思議と悲しい気持ちにも残念な気

持ちにもならなかった。

「そうなんだー」とだけ。これが人間相手だったら、「私、頑張ったのに、あなたのために」と恩着せがましくネチネチと恨みごとを言うところだが。猫相手だと、そんなネガティブな気分には一切ならず。むしろ、どこか嬉《うれ》しい。……これが、俗に言う「猫奴隷」の心境か？

　そんな猫奴隷を横目に、まりもさんは、教えたわけでもないのに猫トイレに行き、立派なウンチョリーナをお出しになり、カリカリご飯をたいらげて、お休みになった。なぜか、くまのぬいぐるみのべっくんの上で。足が細くなってイケメンになったべっくんに覆いかぶさるように。なんて可愛い寝顔。まるで、天使。ああ。こんな可愛い子と暮らせるなんて。まるで夢の様！この天使の首には、きっと黄色が似合うはず。

私は、やはり徹夜して拵《こしら》えた黄色い首輪を、まりもさんの首にそっとはめてみた。

ほら！　やっぱり似合う！　その首輪は、ハンカチで作ったんです。

遠い昔、イギリスに旅行したときに購入したローラ　アシュレイのハンカチ。とってもお気に入りだったんです。まりもさんも気に入ってくれたらいいな。

私は奴隷　10・11・03 up

まりもさんが我が家に来て、7日目。初日はあんなにがっついていたカリカリを、翌日から残すようになった。

「どうしたんですか？　お腹《なか》でも痛いんですか？」

「分からないんですか？　あたくしの口に合わないんですよ。どうせ、あのカリカリ、そこらのディスカウントショップで、１・５キロ１０００円するかしないかのやつでしょう？」

「当たりです！　……ダメでしたか？」

「言いましたよね？　あたくしは、英国淑女なんですよ？　血統書付きのレディー。庶民が食するようなものは、受け付けません。初日は、ちょっと色々と疲れていたから、つい、食べてしまったけれど」

「じゃ、どんなのがいいんですか？」

「穀物フリーのやつをお願いします。あたくしたち猫はもともと肉食、穀物を消化するのは苦手なんですの。それに、穀物は太る原因にもなるわ。人間だってそうでしょう？」

「ええ、まあ、確かに」

「なら、穀物フリーで、新鮮なお肉だけで作ったカリカリをお願い」

ということで、この条件に合うキャットフードを検索してみると、それはどれも舶来ものでべらぼうに高い。１・５キロで５０００円近くする！　つまり、１５０グラム５００円するということだ。私がいつも買っている鶏《とり》のひき肉は１００グラム90円だというのに。

「それが、何？　だから言ったでしょう？　あたくしはお金のかかる女だって」

はい、分かりました……と、アマゾンでその舶来ものをぽちっと。

「ついでに、そのささみのフリーズドライもお願い」

と、ねだられるがまま、ぽちっと。

え？　なんと、150グラム2500円……。

どうしたものか。次の仕事はまだ見つかってないというのに。

それでも、まりもさんには、どんな贅沢《ぜいたく》もさせてやりたいと思ってしまう私は、「猫奴隷」どころかもはや「恋の奴隷」というやつだ。

世の中には、キャバ嬢に貢ぎまくって、会社の金まで横領してしまう男もいるが、まさにそれ。残念ながら、私には横領する先がないが。

……いや、あった。

私がつまずいた理由　10・11・04 up

会社員の頃、今のマンションを購入した。11年前のことだ。

当時、女の一人暮らしは歳をとるとなかなか借りる部屋が決まらない、という都市伝説があり、危機感をあおられた私は、「住む場所を今のうちに確保しておかないと」と、それまで漠然と貯《た》めていた預金をはたいてそれを頭金にし、小さなマンションを購入したのだった。頭金を結構入れたので、月々のローン返済は賃貸のときとどっこいどっこい。よし、これで「住」に関しては安泰だ。

しかし、盲点もあった。下手に固定資産を持っていると税金関係がバカにならないのだ。去年の収入なんて生活保護で支給される額より少なかったというのに、住民税と固定資産税がえらいことに。しかも、はじめは楽勝だった住宅ローンの返済額が、去年から倍になったのだ。これが世にいう「ゆとり返済」の罠《わな》。この罠にハマり、生活破綻《はたん》地獄に陥《おちい》る人は数多《あまた》いると聞く。私もまた、その予備軍。

そんな私が、マンションの管理組合理事長だというのだから、笑ってしまう。立候補した訳ではない。くじで外れたのだ。

超貧乏な私が「理事長」だなんて、あまりにあまりなギャップじゃないか！　これはどんな皮肉？　だって、何千万円と積み立てられた通帳を管理しなくちゃいけないんだから！　こんな貧乏人に、そんなものを任せていいのか？　などと言いながら、今日は、管理会社の担当さんと、銀行廻《まわ》りをした。理事長が替わったので名義変更の手続きだ。複数の銀行に口座があるので、なかなか面倒な一日だった。

窓口で通帳を見るたびに、そのゼロの多さに、ごくりと唾《つば》を呑《の》み込《こ》む。きっと、この瞬間に魔がさして、横領なんていうのを考える人もいるんだろうな……と。

私が、もし、ニッチもサッチもどうにもブルドッグ状態だったとしたら。

たとえば、私が世帯《しょたい》持ちで子供なんかも二人いて、子供の学費やなにやらでヤバいところから借金をしていて、しかもマンションのローンを「ゆとり返済」と選択してしまったおかげでローン返済が2倍になって、さらに夫はリストラされて、そんなこんなで闇金の支払いが今日で、今日支払わないとソープに沈めるぞ、と脅されていたら。……そんな状態だったら、ここで管理会社の担当をだまくらかして通帳と印鑑をまんまと懐《ふところ》に入れて、「今だけよ、今だけ、ちょっと貸して。必ず、穴埋めするから！」などといいながら公金に手をつけ、その穴埋めのために、新たな犯罪に手を染め……。

他人事《ひとごと》ではないと思った。だって、今の私、割とニッチもサッチもどうにもブルドッグ状態だ。

派遣先を切られ、小説の収入も期待できず、口座残高は1万円を切る勢い。……ヤバい。今月、もしかして住宅ローン、支払えないかも？ 支払えなかったらどうなるんだろう？ ……やっぱり、差し押さえ？ そしたら、まりもさんと私、どうなるんだろう？

ああ、どうなるんだろう、どうなるんだろう……と不安を抱《かか》えながら帰宅すると、派遣会社の担当から、「採用」の電話があった。

よかった……。首がつながった……。

1ヵ月ごとに更新の長期契約。時給もわりかしいい。……これでなんとか、横領せずに済んだ。

まりもさんの子守唄《こもりうた》　10・11・21 up

まりもたーん　まりもたーん♪

パビホパまりも、パリパリぽよよん、まりもたーん♪

こんな不思議な歌をつい、口ずさんでいる自分が、ちょっと怖い。

どうやら、子守唄のつもりらしい。

そして、気がつくと、

「まりもたーん、どうちたんでちゅか？　ぽんぽん、痛いでちゅか？」

「やめてくだたい！　痛いでちゅ！　足をカジカジちないでくだたい！」

こんな赤ちゃん言葉が止まらない。

傍《はた》から見れば、まるで、私がまりもさんに甘えているように映るだろう。実際、そうなんだろうな……と。赤ちゃん言葉を使ってしまうのは、こちらに甘えたい欲望があるからに違いない。

それにしても。

赤ちゃん言葉は、「さ行」が変化することに気がついた。

「まりもさん→まりもタん」「やめてください→やめてくだタい」「どうしたんですか→どうチたんでチュか」

……まあ、どうでもいいことだが。

そんなことより、明日から3日間、仕事は休みだ。明日は動物病院。まりもさんの避妊手術のための検査だ。

告知　10・11・22 up

動物病院にて、手術前検査というものをした。レントゲンをとって、血液検査をして。これで何事もなければ、明日には手術のはずだったのだが。

「腎臓《じんぞう》に問題があります。手術をお勧めします」

え？　どういうこと？

「ですから、腎臓の――」

先生は、素人にも分かるように簡単な言葉で説明してくれたが、私の脳にはまったく届かず。

ただ、ただ、

「死ぬんですか？　まりもさん、死ぬんですか？」

と涙と鼻水を垂れ流すだけの私だ。そんな私に先生は、「放っておけば、死にます。が、手術をすれば、助かります」と、優しく微笑《ほほえ》む。

「します、手術、します！」

こう答えるしかない。

自分のことならば、「いやー、それなら仕方ないですね。これも天命」と諦《あきら》めることもできたかもしれないが、まりもさんはまだ生まれて1年にも満たないのだ。しかも、その大半は、ペットショップで見世物になって暮らしてきた。この世の幸せと楽しみを全然知らないまま死んでしまうなんて……。

「手術、お願いします！」

私は、頭を下げた。

「手術の費用ですが、30万円ほどかかりますが、大丈夫ですか？」

先生が、さらに優しく微笑む。

世の中は、どんな局面でも、お金のことが付いて回るもんなんだな……。

そんなことをぼんやり思いながらも、私は、

「はい、大丈夫です」

と答えた。

……大丈夫なはずがない！

禁断の　10・11・23 up

とりあえず、お金を工面しなければならない。こんなときは、まず質屋だ。とは言っても、家の中には売れるようなものはない。ブランドものだってないし、貴金属だってない。……あるのは、大量の本だけだ。早速、手当たり次第紙袋に詰め込んで、ブックオフに直行。30冊ほど持ち込んだのに、５００円とちょっと。一番ショックだったのは、自分が書いた本が10円にも満たなかったことだ。

仕方ないので、その５００円で、まりもさんのおやつを買う。

……一体、どうしたら、30万円なんていう大金を用意できるんだろうか？

やっぱり、マンションの修繕積立金《つみたてきん》を……などとどす黒い感情に押しつぶされていると、ふと、光明が差した。

「あ、そうだ。カードがあった」

そう、確か、私のクレジットカードは、キャッシングもできたはず。その利子の高さ故《ゆえ》、これまで利用したことがないが、もうそんなことを言っている場合ではない。

早速コンビニに駆け込みＡＴＭの前に行くと、クレジットカードを恐る恐る差し込んでみる。そして〝30万円〟と押し、ついで、〝リボ払い〟と押す。すると……いとも簡単に、30万円が現れた。

これだ。この手軽さが、地獄の入り口なんだ。しかも、リボ払いだから、一ヵ月1万円の返済で済む。……これがクセになり、破滅へとつながるのだ。だから、これを最後にしよう、これを最後に……と頭の中で繰り返し唱えながら、一万円札30枚を財布に詰め込み、動物病院に電話する。

「お金、できました。手術、お願いします」

おバカさん　10・11・24 up

手術は、あっという間に終わった。傷口も小さく、入院も必要なかった。

これで30万円?

「だから、言ったでしょう。あたくしは、お金のかかる女だって。……生半可な気持ちでお世話できるほど、あたくしはお安くないのよ」

麻酔で朦朧《もうろう》としているまりもさんが、トロンとした目でこちらを見た。

「これからも、まだまだかかるわよ。だって、避妊手術もしなきゃだし、歳をとればとるほどいろんな病気のリスクがある。そのたんびに、高額な治療費を取られるのよ。……それでも、あなた、あたくしの奴隷を続けるっていうの?」

はい、続けます。

「おバカさんね。……ほんと、あなたったら、おバカさん」

底辺と冬と手相と　11・02・19 up

久しぶりの更新。

もう2月の半ばだが、一応、ご挨拶《あいさつ》。

「明けましておめでとうございます。２０１１年が皆様にとっていい年でありますように」

さて、おかげさまで、まりもさんは元気だ。あれから避妊手術も無事終わり（手術費用2万円は、カードのキャッシングで用立てた。一度一線を越えてしまうと、ハードルはどんどん低くなり、キャッシングすることにも慣れてしまう。……こうやって人間は、借金地獄へと自ら突き進むのだな……と）。

私も、なんとか生きている。出稼ぎ（派遣）の疲労のせいか持病の十二指腸潰瘍《かいよう》がひどくなっているが、まあ、それでも生きている。ガスター10さまさまだ。

しかし、寒い。エアコンが壊れて今年で4年、小さな電気ストーブでなんとか冬をやり過ごしてきたのだが、今年の冬はヤバい。せっかくのお休みだというのに、ストーブの傍から離れられない。なので、行動範囲が著《いちじる》しく狭くなり、一日の大半をストーブの真ん前でアルマジロのように体を丸めながら過ごしている。家にいながら、凍死しそうだ。指先なんかも真紫色のチアノーゼ状態。今もかじかんだ指をどうにか動かしながら、これを打っている。まりもさんも、コアラのようにべっくんにしがみついたまま、ピクリともしない。

しかし、私の冬はいつ終わるのだろうか。

確定申告の季節、去年の収入を目の当たりにして、情けなさで涙が出そうになる。この収入はただごとではない。負け組とか負け犬とか、そんなレベルではない。

これが、人生の底辺なのかもしれない。

ああ、底辺作家。世の中の人たちは皆、「ぷっ。あの人ったら、所詮《しょせん》、売れない底辺作家。近づいたら底辺がうつる」なんて目で私を見ているんだろう。……とんだ被害妄想だが、後ろ向きの性格の私は、実は、被害妄想が好きだったりする。世間から蔑《さげす》まれている自分……というのを妄想すると辛くて悲しいのに、どこか気持ちがよかったりする。なので、物心ついた頃から、「どうせ私なんか」と、自虐的な妄想をしては、泣きながらニヤニヤしていたものだ。

そんな不幸体質な私の手相に、とんでもない変化が表れた！　薬指の下のほうに、なにやら＊のようなものが。で、パソコンで検索してみたならば、

『大成功間違いなし。自分でもビックリするような富と名声を得ることができます』

「え、マジですか！　私、どうなっちゃうんですか！　富とか名声とか、そんな食べ慣れないものを食べて、腹、下しませんか？」

などとつぶやきながら狂喜乱舞の私。

まりもさんが、怪訝《けげん》な顔でこちらを見ている。

手相をよくよく見ると、玉《たま》の輿《こし》に乗るという線まで出現している。

「なんなんですか、いまさら、玉の輿って！　どんな玉なんでしょうかね!?」

まりもさんに話しかけてみるも、「ふん」とそっけない。

「まりもさん、富とか名声が手に入ったら、どうします？　やっぱり、エアコンを買いますか？　いや、いっそのこと、もっと広い部屋に越しますか？　というのも、今まで黙ってましたが、実は、このマンション、ペット禁止なんですよ」

「げっ。なんなんですか、今更その衝撃的告白は」

「と言っても、黙ってペットを飼っている人は何人もいますけどね。……でも、私、一応、理事長じゃないですか？　だから、ひしひしと罪悪感が……。その罪悪感がストレスになって十二指腸潰瘍が悪化しているようなんです。今も痛くて痛くて、背筋を伸ばすこともできません」

「なら、どうしてあたくしを飼ってしまったの？　そんな無責任なことをしたの？」

「だって、仕方ないじゃないですか。運命だったんですから……」

「は？　運命？　衝動的で無責任で無計画でその日暮らしのおバカほど、〝運命〟という言葉を使いたがるんですよね。それを免罪符にしようとするんですよ」

「そんなこと、言わないでください……」

「あたくし、つくづく、運がないわ。あなたのような衝動的で無責任で無計画で甲斐性《かいしょう》のない貧乏人なんかに選ばれてしまって。あなたが仕事に行っている間、あたくしがどれほど寒い思いをしているか、想像したことがあって？」

「……そんなに寒いですか？　そんなに暖かそうな毛皮をまとっているのに」

「私たち猫の祖先は、灼熱《しゃくねつ》の砂漠で生まれたのよ。だから、そもそも寒さには弱いのよ！」

「分かりました……。なら、ストーブつけっぱなしで出かけることにします」

「そんな危険なことしないで。それに、つけっぱなしにしたら、電気代、いくらになると思うの？　どうせあなたのことだもの。目先の安さに惹《ひ》かれて、このストーブを買ったんでしょうよ、消費電力も確認しないで」

「おっしゃる通りです。……先月の電気代、２万円超えました……」

「ほら、ご覧なさい！　あなたって、そんなんだからいつまでたっても貧乏で底辺なのよ。生活を根本から立て直そうともせずに、一体何が悪いのかそれを検証することもなく、目先のことに囚《とら》われて、逃げてばかり。それじゃ、まるっきり、〝悪いほうのおばさん〟じゃない」

「……厳しいことをおっしゃいますね」

「何が手相よ、何が玉の輿よ。どんなに立派な手相だとしても、努力をしない人には、結果は出ない――」

「どうしたんですか？　まりもさん」

まりもさんが、べっくんの上で、白目をむいてぐったりとしている。

「まりもさん！」

万事休す　11・02・20 up

まりもさんが、また手術をすることになった。

べっくんの首のリボン（ナイロン）をかじって、かけらを飲み込んでしまったのだ。それが胃と腸に詰まっていた。しかも大量に。先生曰《いわ》く、「数日かけて飲み込んだと思われる」とのことだ。そして、

「なぜ、こうなるまで気がつかなかったんですか？　最初の時点で、異変はあったはずです」

言われてみれば、確かに、便秘気味だった。えずくこともあった。餌も残しがちだった。

「そこまで気づいていながら、なぜ、放っておいたんですか？」

「仕事が忙しくて……。私自身も体調が悪くて……」

我ながら、なんて自己中心的な言い訳なのだろう。その情けなさに涙がこみ上げてきた。

そんな私を見て、先生が、「やれやれ」と肩を竦《すく》める。その口は、「猫を飼う資格はないね」と言っているようにも見える。

「いずれにしても、手術をしないと、死にますよ。どうしますか？　手術、しますか？」

はい、します……という代わりに、「いくらかかりますか？」と私。

「あんたね。可愛いペットが今にも死にそうなときに、その心配をしますか?」

だって。……だって。

「猫を飼う資格はないね」

今度ははっきりと、先生はそう言った。

悔《くや》しかった。

自分が、悔しかった。だって私は、瀕死《ひんし》状態のまりもさんを前にしてお金の心配をしている。

そんな自分が、無性に悔しかった。

手術をお願いし、コンビニに走った私は、例によって例のごとく、カードでキャッシングする。が、上限に達してしまったようで、1万円しか借りられない。

手術費用は20万円なのに。……どうしよう、あと、19万円。……19万円!

と、うろついていると、消費者金融の看板が目に入った。

決断　11・03・11 up

この世の中、愛だけではどうにもならないことがある。これは男女の話に限ったことではない。

「まりもさん。お話があります。包み隠さず言いますが、この部屋、差し押さえられることになりました。実は、ここ４ヵ月ほど住宅ローンを滞納していたのです。そして今日、とうとう『期限の利益の喪失通知』というのが届いたのです。難しいことは割愛しますが、要するに、滞納が続いたのでもうあなたは信用に値しない。ローンの残高を１週間以内に一括で支払え……という通告です。残高は１８００万円ほどです。もちろん払えませんから『代位弁済通知』というのが、じきに届くでしょう。『保証会社が私に代わってローン残金の支払いをしたから、債権者が金融機関から保証会社になった。直ちに残金＋遅延損害金を耳を揃えて支払え。さもなくば、部屋を差し押さえて競売にかけるぞ』という最後通告です。

もちろん、一括で返済するなんてできっこありません。つまり、この部屋は競売にかけられます。私たちはここに住み続けることができなくなりました。それだけではありません。実は、私は多重債務者です。もう、いくら借りて、いくら返済しなくてはいけないのかもよく分からなくなりました。

なのに、昨日、今働いている派遣先から、契約更新はないとの通達がありました。

しかも、この春に発売されるはずの小説が、発売見送りになりました。

……不幸というのは重なるものですね。

それで、私は『自己破産』というものをしようと思っています。これで、一応、借金はチャラになるのですが――」

「分かっていますわ。あなたが言いたいことは。もうこれ以上、あたくしの世話はできないということですね」

「本当に、私がバカでした。本当に、ごめんなさい……」

「で、あたくしはどうすればいいのかしら？」

「里親を探すというのは？」

「虐待を目的とした里親もいるといいますわよ。あたくし、虐待だけは勘弁です」

「じゃ、保護センターは？」

「いろんな猫と一緒に暮らすんですよね？　……あたくし、集団生活、苦手なんですよ。……きっと虐《いじ》められます」

「でも、里親が決まるまでの間ですから……」

「ショップで、ずっと売れ残っていたあたくしですよ？　里親がそんなに簡単に見つかるかしら？」

「確かに……」

「いい方法がひとつだけありますわ。でも、この方法は、あなたにとっては不名誉なことですけれど」

「どんな方法ですか？」

「あなたが、最低最悪の虐待飼い主キャラになるんです」

「は？」

「ですから、極悪《ヒール》〝キャラ〟を演じるんです。それをネットで流せば、あたくしは同情されて、すぐにいい里親が見つかると思うんです。ほら、かつて矢鴨《やがも》というのがいたというじゃないですか。あんな感じで有名になれば、競ってあたくしを引き取ろうという人が出てくると思うんですよ。……いかがですか？」

「でも……」

「大丈夫ですよ。きっと、うまくいきます。だって、あなた、ショップで他の子猫たちにオモチャにされているあたくしに同情したじゃないですか。そして、まんまと飼うことを決意した」

「え？　ということは、まさか……」

「そう。子猫たちに、ヒールキャラをやってもらったんです」

「なるほど、そうだったんですか」

「今は、ちょっとやそっとのことでは、人は手を差し伸べてはくれません。思い切った演出がなければ。……どうですか？　あなたも、ヒールキャラ、やってみませんこと？」

「分かりました。なら、今日一日、考えさせてください。答えは、仕事から戻ってきてから出します。……じゃ、仕事に行ってきます」

「行ってらっしゃい。……早く帰ってきてね」

「あ、そうだ。ストーブ、つけっぱなしにしておきますね。……今日は、とっても寒いから」

「ありがとう。さあ、早くお行きなさい。遅刻しますよ」

そうか。「悪いほうのおばさん」も、あるいはヒールキャラを演じて、チーちゃんを私に託したのかもしれない。だから、「良いほうのおばさん」も、チーちゃんを引き取らざるをえなかったのかもしれない。

そういえば、あの頃、「悪いほうのおばさん」は持病の喘息《ぜんそく》でしょっちゅう救急車のお世話になっていたっけ。本当なら、犬なんか飼えない体だったのだ。しかも、悪いヒモ男に引っかかり、借金もあちこちに。

そうか。だから、チーちゃんを救うために、あえて手放したんだ。

自分が悪者《ヒール》になって。

よし。なら私だってなれるかもしれない。史上最悪のヒールに。まりもさんのためなら。

さて、どんなヒールになろうか？　どんな残虐な悪人に？　……などと考えながら、出稼ぎ先のオフィスでパソコンのキーを叩《たた》いていると。

靴の中で、何かが当たった。

そういえば、朝からずっと何か違和感があった。屈《かが》んで、靴の中を確認してみると。

綿棒だ。

ああ、きっとまりもさんだ。綿棒は、まりもさんのお気に入りのおもちゃ。

「いやだ、まりもさんたら――」

と、綿棒をつまんだとき、体がぐらりと揺れた。

腕時計のデジタル表示は、14:46。

それは、とてつもなく大きな地震だった。東北のほうでは、もっと大きな揺れだったらしい。

ネットもラジオもテレビも、とにかく大騒ぎしている。

「まりもさん！」

私は、慌ててオフィスを出た。が、電車はすべてとまっている。……タクシーをみつけた。でも、お財布の中身は、１３４０円。

でも、帰らなきゃ。だって、ストーブ、つけっぱなしだ！

「まりもさん、まりもさん、私にはやっぱり、ヒールキャラなんて無理です。できません！　だから、これからも一緒に暮らしましょう。そして一緒のお墓に入りましょう。だから、無事でいて！」

私は、綿棒を握りしめながら、まりもさんが待つ部屋を目指した。

閑話

ここは、とある保護施設。

保護された野良猫で溢《あふ》れかえっている。

今日も一匹、新入りが来た。

黄色い首輪をした、薄汚れた猫。やけにふてぶてしい顔をしている。

「ね、新入りさん。随分と汚れているじゃない。まるで、使い古した雑巾《ぞうきん》のようよ」

早速、先住猫に声をかけられた。白いペルシャ猫だ。ハート形のチャームがついた赤い首輪が、憎たらしいほどよく似合う。

「ね、あなたの名前は？」

ペルシャ猫は、だから苦手だ。馴れ馴れしい。でも、嫌いではない。ペットショップにいたときも、ペルシャ猫にはなにかと世話になった。……仕方ない。名前ぐらい教えてやるか。

「まりも」

「まりも？　素敵な名前ね。……ね、あなたはどうしてここに来る羽目になったの？　首輪をしているんだから、もともとは飼い猫だったんでしょう？　捨てられちゃったの？」

　これだから、ペルシャ猫は……。ちょっと無神経なところがある。

「ああ、もしかして、あれ？　あの大きな地震のせい？」

　でも、勘はいい。

「……そうか、あの地震のせいで、飼い主さんと離れ離れになったのね」

　正確に言えば、逃げ出したのだ。だって、あのまま一緒にいたら……。

　あの地震の衝撃で、リビングの窓に少し隙間《すきま》ができた。もともとロックしていなかったのだろう。あの人は、そういううっかりミスが多い。その隙間をみつけたとき、今しかない！　と思った。今、身を引かなかったら、あの人は本当に破滅だ。

　幸い、部屋は三階。そのままベランダから地上に降りればいいだけだったが、日頃の運動不足がたたって、後ろ左足を挫《くじ》いてしまった。

　あれは、本当に痛かった。痛くて痛くて、のたうちまわった。その拍子《ひょうし》に、ドブにハマってしまって、全身ドロドロ。しかも、足が痛くて這《は》い上《あ》がることができず、もがけばもがくほどドブの底に引きずり込まれて……。

　終わった……と観念していたら、ひょいと掬《すく》い上げられた。

　白髪頭の怖そうなおばさんだったけど、結果的にはいい人だった。

　動物病院で足の治療をしてくれた。さらに、この保護施設に連れてきてくれたのだから。

「そう、あなたも苦労しているのね」ペルシャ猫が、慈愛に満ちた眼差しを向けた。そしてゆっくりと瞬きをすると、「……わたしも、結構、波瀾万丈な猫生《にゃんせい》を送っているのよ。……ね、聞きたくない？　聞きたいでしょう？　いいわ、聞かせてあげる、わたしの猫生《にゃんせい》を」

行旅死亡人〜ラストインタビュー〜

平間《ひらま》唯子《ゆいこ》、小説家、五十五歳。『私という殺人者』で華々しくデビューして今年で三十年。その作風は常に背徳的で、世の読者の良識を揺さぶってきた。その罪深き作品を、自らの言葉で赤裸々に語ってもらう。

録音スタート。

＋

私、『セレブリティ・ジャパン』の編集をしております、園崎紀香《そのざきのりか》と申します。

今日は、お時間をいただき誠にありがとうございます。しかも、お宅までおしかけてしまいまして。

ああ、よかったら、これを。うちの近所のケーキ屋さんのものですが、なかなか美味《おい》しいと評判の焼きプリンです。先生は焼きプリンがお好きと伺いましたので。

「え？　焼きプリン？　大好きです。早速いただいてもいいかしら？」

はい、どうぞ、どうぞ。召し上がってください。

「じゃ、遠慮なく。……あー、美味しい」

お口に合いましたか？　よかったです。

しかし、大きなお部屋ですね。マンションなのに、二階もあるんですね？　メゾネットっていうんでしたっけ？

「ええ。マンションだけど、一戸建てのような住み心地……というキャッチコピーに惹かれて、ここを買いました。二十五歳のときですから、それこそ三十年前に」

では、デビューのときに？

「ええ。嫌らしい話、印税ががっぽり入りましたので、衝動買いですよ」

マンションを衝動買いなんて、さすがです。

では、早速、インタビューをはじめていいでしょうか？

「どうぞ」

今年で作家生活三十周年ということですが、今のお気持ちは？

「一言で言えば、不思議な気持ちです。……なんていうか、この三十年間、ずっと意識不明のまま病院のベッドに横たわっていた、そんな感じです。はっと目覚めたら、いつの間にか五十五歳になっていた……というか。浦島太郎とでも言いますか」

つまり、先生は今もデビューした二十五歳のままだと？

「そうですね。二十五歳のあの頃のまんま心が時間ごと凍結されているって感じです。でも、体は確実に老いている。だから、そのギャップに気がついたとき、ものすごく戸惑うんです」

そのギャップに気がつかれるのは、どんなときですか？　たとえば、鏡を見たとき？

「うーん、ちょっと違いますね。だって、鏡は毎日見るものだし、それに、鏡を見るときは自然と補整フィルターがかかりますから」

補整フィルター？　つまり、知らず知らずのうちに美化してしまっていると？

「美化っていうか、嫌な部分は見ないようにしてるっていうか。……いい部分だけ誇張《こちょう》するっていう感じですね。プリクラの加工みたいなもんでしょうか。鏡に向かうと、無意識に加工しちゃうんですよ、自分自身を。だから、鏡の中の自分には意外とギャップを感じないんです」

なるほど。人は鏡に向かうと、瞬時に一番いい表情を作る……とも言われていますからね。

では、どんなときにギャップを感じるんですか？

「やっぱり、写真でしょうかね。他者からバシャバシャ撮られる写真。だって、普段、鏡では見ないような角度からも撮られるじゃないですか。そんな写真を見ると、ぎょっとするんです。えっ、こんなにほっぺが弛《たる》んでいる！　えっ、なに、この二重顎《にじゅうあご》？　やだ、まるでブルドッグ！って、自分の老いと醜《みにく》さに、愕然《がくぜん》となります。一番恐ろしいのは、そんな醜い顔を、普段の自分は見ることができないということです。私以外の他者はみんな見ているのに……って」

確かに、自分の顔って、自分で認識しているものとかなり違いますよね。自分の声を、録音して聞くと全然違うように。

「そうなんです。これって、不思議じゃないですか？　顔も声も自分のものなのに、自分だけが正しく認識することができない」

平間さんのデビュー作『私という殺人者』は、まさに、それがテーマでしたよね。

鏡のない個室に十年間監禁されていた少女。解放されて初めて鏡を見たときに、映し出された自分を殺人者だと思い込んでしまう。……あの小説は大変話題を呼び、大ヒットいたしました。映画化もされ、その年の賞を総なめにしています。海外でも高い評価を受けて、フランスの映画祭では会場が総立ちになり拍手が三十分間鳴《な》り止《や》むことはなかった……と、地元の新聞でも大々的に報道されました。

私も見ましたが、素晴らしい映画です。ここ五十年の間に作られた中では、五本の指に入る傑作だと思います。

「監督がよかったんですよ。私の功績じゃない」

映画と原作では、まったく別物だと？

「ええ、別物です。事実、映画と原作では、登場人物も違えば、ストーリーの展開も違う」

確かに、改変はされていますが。でも、あの映画が傑作になり得たのは、原作があったからこそです。

「そうかしら」

ええ、そうですよ。『私という殺人者』は、間違いなく、先生の代表作です。

「ええ、そうですね。いまだに、あの作品が私の代表作。今回のインタビュー記事のプロフィールでも、どうせ〝デビュー作にして代表作〟と紹介されるんでしょうね」

ええ、まあ、……そのつもりではありますが。

「〝デビュー作にして代表作〟って、なんか奥歯にものが挟まったような言い方ですよね。もっとはっきりと言えばいいんです。〝一発屋〟だって」

いえいえ、そんなことはありません、先生はその後もヒット作を――

「なら、作品名を挙げてください。……ほら、出てこないでしょ？　いいんですよ、こんなことを言っている私も、自分が書いた作品なんか、ろくすっぽ覚えてないんですから。……三十年ですよ？　三十年も小説家をやっていて、ぱっと出てくる作品が『私という殺人者』だけなんですから、我ながら、情けない」

いえいえ、そんなことはありません。私は『カロート』という作品がとても印象に残っています。繰り返し読んでいるほどです。

「ああ、あの作品。……まあ、私にとっても、ある意味〝印象深い〟作品ではあります。だって、まったく売れなかった失敗作ですから。私の黒歴史といってもいい。あの作品のおかげで、それ以降はさっぱり仕事がこなくなりました。ほんと、あんな作品、書くんじゃなかった」

確かに、『カロート』は、平間作品の中では、異質ですね。それまでどちらかというと純文学的なものを書かれてきたのに、『カロート』はミステリーです。

「ミステリーは安定して売れているコンテンツ。だから、挑戦してみたんですよ、担当編集者の勧めもあって。でも、失敗に終わりましたが。しかも、『平間唯子がコマーシャリズムに走った』と非難され、純文学系の仕事も失《な》くしてしまうというおまけつき。やっぱり、慣れないものに手をつけるべきじゃないですね。ほんと、今はとても後悔しています」

そうはおっしゃいますが、私にとっては、忘れられない作品です。実は、今回『カロート』の執筆裏話を伺いたくて、インタビューをお願いしたんです。

「執筆裏話ですか？　……五年も前の作品なのに？」

はい。……実は、失礼ながら、『カロート』を拝読したのはつい最近なのです。拝読して、なにか雷に打たれたような衝撃を受けまして。それからというもの、取り付かれたように、繰り返し繰り返し読んでいるのです。今朝も、読んできました。本当に凄《すご》い作品です。読むたびに、新たな発見がある。

「そうですか？　お世辞でもそう言ってもらえると、嬉しいですね」

いえ、お世辞なんかじゃありません。本当に凄い作品をお書きになったと、感服しています。

……で、確認ですが、『カロート』は、今から五年前に発表されたものですよね？　先生が五十歳の頃に。

「執筆をはじめたのは、四十九歳のときですけどね。版元から〝終活〟をテーマにした小説を依頼されまして」

終活をテーマに？

「当時の担当編集者に言われたんです。

『戦前は、日本人の平均寿命は五十歳いくかいかないかだったらしいですよ』

つまり、戦前だったら、私の寿命は目前だ……ということを言いたかったんでしょう。担当はこんなことも言いました。

『でも、今は平均寿命ものびて、女性の場合八十歳を軽く超えています。九十歳にも届く勢いです。とはいえ、そんな遠い未来の話でもありません。先生が平均寿命まで生きるとしても、先生にはあと三十年とちょっとしか時間が残されていないんですよ』

つまり、折り返し地点はとっくにすぎた、ゴールの〝死〟はもうそこまで来ている……って言いたかったんでしょう。その人はさらに、こうも言いました。

『今のうちに、先生が生きてこられたこの半世紀を総括してみませんか。小説にするんです。今度こそ傑作をお願いします。……どうせなら、ミステリー仕立てにしませんか？　ミステリーならある程度、数字が見込めます』

これらの言葉をまとめると、『もう一発、ヒットを出せ。でないと、もう後はない』……ということです。まあ、最後通牒《つうちょう》みたいなものですよ」

なかなか、シビアですね。

「それまでの私だったら、そんなことを言われたらキレちゃうんですけれど、でも、五十歳を目前にして『どう死ぬか』ということを意識しはじめてもいましたから、いい機会だと思いまして、執筆することにしたんです。ちょうど、お墓も買ったところでしたし」

作品の中でも、〝私〟が自分のお墓を見に行くところからはじまっています。ということは、あの作品は、実体験なんですか？

「いえ、実体験ではありません。あくまで創作です。……でも、なぜ？」

いえ、あまりにリアルなので、てっきり実体験が元になっているのかな……と思いまして。

だって、冒頭の「お一人様の孤独死か……」という台詞《せりふ》がかなり生々しくて、私、一気に引き込まれてしまいました。

私も女のお一人様なので、他人事《ひとごと》とは思えなくて――

＋＋＋

「お一人様の孤独死か……」

独り言のように呟《つぶや》くと、隣から「え？」という言葉が返ってきた。

外苑から首都高経由で中央自動車道に乗って、一時間ほどが経つ。そろそろサービスエリアに到着するはずだが、そのアナウンスはまだない。

体を伸ばして前方を窺《うかが》うと、スタート時はあれほど威勢がよかったおばあちゃんバスガイドが墓石のように固まっている。

墓石。そう、私たちは、富士山麓《ふじさんろく》の霊苑《れいえん》に向かっている途中だった。

ここまでの経緯を簡単に説明するところだ。

全国小説家協会の会報に「小説家乃墓」の募集が載ったのが半年前。

「小説家乃墓」というのは全国小説家協会の会員を対象にしたいわゆる共同墓だ。なんでも、これが最終募集なのだという。確保している敷地《しきち》が満杯になったのが理由らしい。

それまでは「墓」のことなど一度も考えたことはなかった。

が、「最終」とか「これが最後」という言葉に、どうも弱い。それがあからさまな煽《あお》りだと分かっていても、「最終セール」と札がついていると特に欲しくもない服をついつい買ってしまうのが私という女の性《さが》だ。

私は老眼鏡をかけ直すと、会報の隅に小さく掲載されたその募集要項に改めて視線を走らせた。すると、こんな文言を見つけた。

「限定先着五名」

「限定」とか「先着」とかいう言葉にも弱い。弱すぎて、マンションを衝動買いするほどだ。そう、今住んでいるマンションは、二十五年ほど前に散歩の途中で購入したものだ。「最終一邸！先着順！」という張り紙につられて。

私は、「小説家乃墓」の募集要項にさらに視線を走らせた。すると、今度はこんな文言を見つけた。

「締め切り迫る！　急げ！」

そう、締め切りが、あと二日と迫っていたのだ。

私は、考えるより早く電話の受話器を持った。

「あの、『小説家乃墓』について、お伺いしたいのですが。……まだ、大丈夫でしょうか？」

「大丈夫ですよ。今ならまだ間に合います。どうしますか？」

言うまでもなく、私は「今なら」という言葉にも弱い。

「買います」

私は、いつのまにかそう返事をしていた。

「はい。分かりました。お日にちが差し迫っておりますので、早速、申込書をお送りしますね」

「よろしくお願いします！」

「繰り返しますが、お日にちが差し迫っておりますので、申込書が届きましたら、すぐにご返送くださいませ」

「はい、分かりました！」

そして翌日には申込書と申込金の振込用紙が送られてきた。その額八十万円。その額を見て、ようやく我に返った。

八十万円！　無理無理。今年はあまり仕事をしてないから、かつかつだ。口座の残高だって減る一方で、増える見込みはない。そんなときに八十万円だなんて……。

が、申込書にはこんなことも書かれていた。しかも赤字太文字で。

「受付期限が迫っています。入金はお早めに。期限までに入金が確認されないと無効となり、他の希望者に順番が回ります」

私は銀行に走っていた。

気がつけば、私の手には振込金受取書。

そう、私は墓を衝動買いしてしまったのだ。

いくらなんでも、墓を衝動買いするなんて！

「でも、悪い買い物ではないと思いますよ。というか、いい買い物をしたと思いますよ」

その翌日、T社の女性編集者キタヤマさんと会う機会があり、墓のことを振ってみたところそんな前向きな言葉が返ってきた。

「今は、お墓の相場も上がっていますから。都内の墓地なんか、一千万円するとも言われていますしね」

「一千万円！」

「都立でそれですから」

「一千万円って」

「もちろん、青山とか一等地にあるお墓の相場ですから郊外にいけばもっとお安くはなります。でも郊外だと、今度はお墓参りに来てくれる人がいなくなって放置されてしまう恐れがあります。お墓はやっぱり、便利なところにあったほうがいいですよ」

「私が買ったお墓は、富士山麓。……都心から車で二時間とちょっと。そんなところに、お墓参りに来てくれるはずもない。きっと、草ボーボーになるんだ。……やっぱり、買うんじゃなかった」

「先生がお買いになったのは、『小説家乃墓』ですよね？　だったら、草ボーボーの心配はありません。だって、共同墓ですから。むしろ、そこにお墓をお買いになって正解でしたよ。先生のようなお一人様の場合、お墓を守る人の存在が一番のネックになりますが、共同墓なら、その心配もいりません。遺族に代わって、墓苑《ぼえん》スタッフがお墓を守ってくれますからね」

「あら、キタヤマさん。詳しいのね」

「一度、『小説家乃墓』の慰霊祭に行ったことがあるんです。担当していた先生がお亡くなりになったときに」

「慰霊祭なんてあるんだ。知らなかった」

「はい。たぶん、近いうちに連絡がくるんじゃないでしょうか」

　それからしばらくして、

「来る十月九日、年に一度の小説家乃墓慰霊祭が行われます。協会で貸し切りバスを仕立て、東京は千駄ヶ谷から出発いたします。奮ってご参加を」

　という案内が届き、せっかくだから自分の墓を確認しておきたい……という思いから、申し込んだ。いってみれば、生前墓参りといったところか。

とはいえ、さすがに一人で参加するのは気がひける。ということで、例のキタヤマさんを誘ってみたのだが。


そして、今日。

同行するはずだったキタヤマさんが前日になってドタキャン、その代わりに現れたのが、今、私の隣に座っているクラタさんだ。

クラタさんは今年で六十一歳のおっさん。去年定年退職して、今は嘱託で勤務しているのだという。

「かつては、辣腕《らつわん》編集者だったんですよ。でも、今は暇してますんで私の代わりに行かせますね。よろしく」

よろしくって……。初対面のおっさんと墓参りだなんて、どんな罰ゲームだ。

ああ、今日はついてない。

私は、隣のクラタさんから逃れるように、窓に頭がぶつかる勢いで体をよじらせた。そして、スマホに没頭している体《てい》を装った。

そのとき、私が見ていたのは事故物件に関するサイトだった。

なぜ、そんなサイトを見ていたのか。今となってはよく思い出せない。

が、そのサイトにあった「孤独死」という言葉が、妙に引っかかった。しかも、女性の一人暮らしの孤独死。他人事ではない。

　それで、つい、

「お一人様の孤独死か……」

　と、言葉が勝手に飛び出してしまったのだ。

　隣から「え？」という言葉が返ってきた。クラタさんだ。

「孤独死？」

　クラタさんの体臭が、ついそこまで近づいてきた。

　ふと見ると、クラタさんがギラついた目で、私のスマホを覗き込んでいる。

「孤独死って、法的には〝行旅死亡人〟として扱われることがあるのはご存知で？」

「コウリョシボウニン？」

　私は、さらに身を窓側によじりながら応《こた》えた。そして、「……ああ、〝行旅死亡人〟ですね。聞いたことがあります。旅行中に死亡した人のことですね」

「僕がかつて担当したミステリー小説に、『行旅死亡人』というタイトルのものがありましてね。〝行旅病人及行旅死亡人取扱法〟を巧《たく》みに利用したトリックで復讐《ふくしゅう》を果たす……というストーリーなんですが」

「はぁ……」適当に相槌《あいづち》を打っていると、

「〝行旅病人及行旅死亡人取扱法〟って、ご存知ですか？」

と、クラタさんが、目をギンギンにぎらつかせながら、ぐいぐいとこちらに迫ってくる。

しまった。クラタさんのスイッチを、どうやら押してしまったようだ。昨日、キタヤマさんにあれほど警告されたのに。

――クラタさんは、基本的には無口な人です。が、ミステリーの話となったらウンチクが止まらなくなりますから、ご注意ください。ミステリーの話は、くれぐれも振らないように。大変なことになりますよ。

いや、でも。私はミステリーの話など振った覚えはない。ただ、「孤独死」と呟いただけだ。

なのに、

「行旅死亡人というのは、その名の通り、旅行中に死亡して引き取り手のない人のことを指すんですが、氏名・住所・居住地が不明で、かつ遺体の引き取り手が存在しない者も行旅死亡人として取り扱われるんです」と、クラタさんのウンチクがはじまった。「つまり、身元不明の遺体の場合、すべてが行旅死亡人と扱われます。例えば、孤独死なんかもそうです」

「孤独死もですか？　だって、孤独死っていうのは、自分の部屋で一人で死ぬことですよね？　自分の部屋で死んでいるのに、身元不明人なんですか？」

ああ、私はつくづくバカだ。なんだって、反応してしまったんだろう。案の定、クラタさんのウンチクに拍車がかかる。

「いくら自宅で死亡したからといって、それが本人であるという証拠がないかぎり、法的には

〝身元不明人〟となります。孤独死の場合、腐乱、または白骨化した状態で見つかるケースが多いので、いくら顔写真つき証明書……例えばパスポートや運転免許証があったとしても、本人かどうか特定するのは難しいんです」

「なるほど。じゃ、遺族がいた場合は？」

ああ、重ね重ね、私はバカだ。よりによって、質問をしてしまった。

「遺族がいた場合は、遺族に本人かどうか確認します。……とはいっても、腐乱死体ですからね、体はもちろん顔もぐちゃぐちゃなわけですよ。判断しかねる。というか、腐乱死体なんか見たらパニックに陥ります。で、ろくすっぽ確認しないで、『はい、本人です』と認めてしまうんです」

「じゃ、もしかしたら、まったく違う人かも？」

ああ、私は絶望的にバカだ。こんなことを言ったものだから、クラタさんをますます興奮させてしまった。

「さすが！　するどい」クラタさんは、私のほうを指さすとクイズの司会者さながら、にやりと笑った。「僕が担当した、『行旅死亡人』というミステリーは、まさに、その曖昧《あいまい》な点をついた作品です。お一人様の女性ミツコが自室で自殺、腐乱死体で発見されます。で、遺族に連絡して確認してもらうんですが、腐乱が進んでいるものですから、正確には判断できない。が、遺族は、早く成仏させてあげたいという親心から、『ミツコ本人です』と。……が、実は、ミツコは生きていて、腐乱死体だったのはミツコの親友だった……というトリックです」

「……なるほど。そういう手が」

「いずれにしても、お一人様というのは、いろいろとリスキーです。どんなに遺言を準備してもお墓を買ってあっても、本人だと確認できなければ、〝行旅死亡人〟として、死んだその地の自治体に機械的に引き取られ、十把一絡げで無縁墓地に埋葬されてしまうんですからね。……そういえば、先生も、お一人様でしたっけ？」

その訊き方がちょっと厭味《いやみ》っぽくて引っかかったが、無視するわけにもいかず、

「ええ、まあ」

とだけ答えておく。

「だったら、気をつけてくださいね！　孤独死なさらないように。でないと、下手すると無縁墓に放り込まれます。死ぬなら、病院。これに限ります。それに――」

――まもなく、サービスエリアでございますぅ。

ダミ声が、クラタさんのおしゃべりに乗っかってきた。

おばあちゃんバスガイドがようやく復活したようだ。

――休憩時間は十分でございますぅ。時間厳守でお願いしますぅ。

渡りに船とばかりに、私は、両手を上に伸ばした。

ああ、これで、しばらくは、このウンチク男から解放される。

が、バスが止まっても、クラタさんは席を立つ様子はなかった。なにやら、スマホを熱心に見ている。

「……あの、休憩、行かないんですか？」

訊くと、

「ええ、僕はいいです。どうせ十分しかないし、外に出たほうがかえって疲れますから。……あれ？　もしかして、先生、外に出ます？　ああ、すみません、どうぞ、どうぞ」

と、その短い足をくいと捻《ひね》った。

が、それでも隙間は足りず、この状態で通路にでようものなら、クラタさんの膝《ひざ》に私の体のどこかが確実にあたる。そしたらクラタさんのことだ。「ひゃー、これってセクハラかなぁ？」などと言いながら、糸を引くような下卑《げび》た薄ら笑いを浮かべるのだろう。

それは、絶対嫌だ。

などと躊躇《ためら》っているうちにも、もう二分が過ぎた。あと八分。見ると、サービスエリアは人でごった返している。トイレも長蛇の列。クラタさんの言う通り、外に出たらかえって疲れそうだ。なら、私もここにいるか。そう観念して、シートに身を沈める。

ああ、それにしても、今日は本当についていない。なんで、こんなおっさんと、お墓参り。

私は、やおらリュックを抱きしめた。

ああ、本当についていない！

「ところで、先生がさきほどご覧になっていたサイトは、これですね？」

　クラタさんが、自身のスマホを私の目の前に掲げた。

　ディスプレイにでかでかと表示されているのは『小島サダ』というタイトル。まさに、私が見ていた事故物件紹介サイトだ。

　一ヵ月ほど前のことだったか。C社の担当編集者に教えてもらったサイトだ。孤独死や殺人などがあった事故物件が、その事故内容とともに地図で示されている。『小島サダ』というのは管理人のハンドルネームらしい。

「先生がさきほどご覧になっていたサイトは、これですね？」

　クラタさんの体が、ぐいぐい迫ってくる。無視していたらますます迫られそうなので、

「はい、これです」

　と、小さな声で私は白状した。

　違法サイトではないが、これを見ているとなにやら怪しい気分になる。だから、あまりおおっぴらにはしたくはなかったのだが、

「先生も、事故物件がお好きなんですね！」

　と、大きな声で、クラタさん。

「いいえ、事故物件が好きなわけではなくて。……ちょっと、気になって」

「気になる？　もしかして、先生のお宅が事故物件とか？」

「いや、それはないです。新築で買いましたので」

「新築と言っても、油断なりません。建設中に作業員が亡くなる場合《ケース》もありますからね。僕がかつて担当していた作家さんから聞いた話ですが。その作家さんは新築で高層マンションの高層階を買われたらしいのですが、なにか変な感じがしたんだそうです。仕事中に、どこからともなく悲鳴のような声が聞こえてくる。人の気配を感じることもある。ついには、窓からなにかが落ちていくような影が過《よぎ》るようになった。調べてみると、建設中に侵入した何者かが、飛び降り自殺をしたんだそうです。まさに、作家さんが住んでらした部屋のあたりで、身を投げたんだそうです」

　背筋にぞわぞわしたものが走る。

　私は、もうその話はいいとばかりに、ガムを口の中に放り込んだが、クラタさんの話は終わらない。

「その転落事故、『小島サダ』には載ってませんので、『小島サダ』も、事故物件すべてを網羅《もうら》しているわけでもないんでしょうね。いずれにしても――」

　クラタさんが、意味ありげに声を落とした。

「先生は、『小島サダ』には載らないように気をつけてくださいね」

「つまり、孤独死はするなと？」

「ええ、そうです。孤独死なんてことになったら、行旅死亡人として扱われ――」

ああ、話がループをはじめた。私は、絶望のため息を、これ見よがしに吐き出した。

――あ、富士山ですぅ、富士山が見えてきましたよぉ！

おばあちゃんバスガイドのダミ声が、ひときわ響く。

が、富士山が見えるのは、向こう側の窓。体を最大限に伸ばしてみても、見えるのは、人の頭ばかり。

「ああ、今日は本当についていない」

私は、無意識につぶやいていた。

「先生、今日は、いったいなにがあったんですか？」

「え？」

「だって、先生。朝から、『ついてない、ついてない』って。もうこれで、二十六回目ですよ？」

数えていたのか。

「ね、先生。なにがあったんですか？」

黙っていたら、この先ずっと「なにがあったんですか？」の攻撃が続くのだろう。

「なにもありませんよ」

本当は、「ウンチクおっさんと墓参りするハメになって、散々だ。地獄だ」と言ってやりたかった。が、そんなことを言えるはずもない。世の中では背徳的だのなんだのと言われているが、私にだって常識はある。本音をぶちまけたらどんなことになるかは分かっている。

なのに、

「僕も、今日はついていないな」

などと、クラタさんのほうが言い出した。

「こんないい天気に墓参りだなんて。ほんと、ついてない。しかも、バスガイドが、あんなおばあちゃん。あーあ。ほんと、ついてない」

＋　＋　＋

――それからも、クラタという男の無神経なおしゃべりが延々と続いて、読んでいるこちらまで、なんともいえないストレスにがんじがらめになっていくんですよね。

「それが、狙いです。〝私〟が味わうストレスを読者にも体感してほしくて、あえて、あの長さにしました。当初、担当からは『長い、もっと削れないか？』と何度も言われましたが、私は、あの長さが必要だったと、今も思っています」

同感です。あの長さがあるから、読んでいるこちらも、自然と殺意が芽生《めば》えてくる。

「そうです、殺意。これを読者に感じさせることが『カロート』という小説の一番のテーマです」

なるほど。私もあの小説を読んで〝殺意〟を覚えましたが、それは、先生の思惑通りだったということですね。

「あなたも、殺意を感じましたか」

はい。もう、それはそれはメラメラと。正直いいますと、最初に『カロート』を読んだとき、そのページを破りとってしまったほどです。

「ページを、破った？」

はい。申し訳ないことをしました。でも、そのあと、新たに本を購入しましたので、お許しください。

「いえいえ、むしろ嬉しいですよ。そこまで作品にのめり込んでいただいて。で、あなたが破ったページって、どの辺り？」

貸し切りバスの一行が富士山麓の霊苑に到着したあたりです。

「はいはい。クラタが休憩センターでトイレに行って、でも、なかなか帰ってこなくて……という辺りですね」

はい。休憩センターでは約十分の休憩が設けられましたが、クラタはそれが過ぎても戻ってこない。本来ならば、引き続きバスで移動して、目的地の「小説家乃墓」に向かう予定でしたが……。

「富士山麓の霊苑は、とにかく広大なんですよ。東京ドーム約六十個分だったかしら」

六十個分！　そんなに？

「はい。休憩センターから『小説家乃墓』がある場所までは、約三キロ。東京ドームから上野駅ぐらいの距離はあります。だから、引き続きバスで向かう予定でしたが、クラタったら……」

予定を無視して、勝手に徒歩で、「小説家乃墓」に向かってしまったんですよね。

「そう。〝私〟のスマホにショートメールが入って。『今、目的地に到着しました。みんなはどうしたの？』って、呑気《のんき》に。クラタを待って、バスの予定が大幅に狂ってしまったというのに」

この辺りから、〝私〟だけでなくてバスに乗っていた一行も、無神経で自分勝手なクラタに対してもやもやとした殺意を抱くようになります。……これが、ラストの伏線となるわけですね。

「はい。そこは、まさに伏線です」

そして、バスはいよいよ、「小説家乃墓」に到着。長い壁のような墓がずらりと並んだ中に、まるで今日の主役といわんばかりに、クラタが仁王立《におうだ》ちしている。「遅かったじゃないですか！　待ちくたびれましたよ」というクラタの言葉に、〝私〟の怒りと殺意が、ヒートアップしていきます――

＋　＋　＋

でも、私はここでもぐっと拳を握り、我慢した。

「先生、ここですよ、ここ」

クラタさんが、我が物顔で私を呼びつける。

それに応じるのは癪《しゃく》に障《さわ》ったが、クラタさんが立っているのは、どうやら私の墓の前だった。行かないわけにはいかない。なにしろ、今日の目的は、まさにその墓だ。

「先生、ほら、ここに名前が！　ほら、ここに、名前が！　ほら、早く、早く」

クラタさんは、入試の合格発表を見に来た人のように、無邪気に声を上げ続ける。ほんと、どこまで無神経なおっさんなんだ。場所を考えろ。私は、抗議を込めて、わざとのろのろと歩を進めた。いわゆる牛歩戦術だ。

「ほら、早く。まったくのろまだなぁ」

〝のろま〟という言葉に、ぷちんと何かが切れた音がした。が、ここでも私はぐっと我慢した。

……こんなところで切れても、損するのはこっちのほうだ。

私は、牛歩戦術を続けた。すると、

「ほら、早く」

と、クラタさんのほうが駆け寄ってきて、

「そんな大きなリュックを背負っているからいけないんですよ。なんで、バスに置いてこなかったんですか。まったく、世話のかかる」

と、私の腕を強く引っ張った。

ぶっちん。

また、何かが切れる音がした。

さぁーと血の気が引いたようになったかと思った次の瞬間、かぁぁぁと血が大量に流れはじめた。

が、まだ少しばかりの理性が残っていた。「今、血圧を計ったら、二〇〇は優に超えているんじゃないか」などと、考える余裕も残されていた。

クラタさんが摑《つか》んだ腕を振りほどくと、私は不本意ながらも、クラタさんのあとを早足でついていく。

連れてこられたのは、案の定、私の墓の前だった。

墓というより、記念碑といった風情だ。細長い壁にずらずらと名前が彫られている。その中に、自分の名前を見つけた。

……え？

「ね、なにかおかしいでしょう？」

クラタさんが、嬉しそうに声を上げた。

「先生の名前、黒いでしょう？」

本当だ。黒い。

というのも、納骨を終えた人は黒字、納骨してない人は朱字……というのが、この共同墓のシステムだからだ。つまり、まだ生きている私の名前は、本来、朱字でなければならない。死んで納骨した時点で、黒字に変更される。

「なんで、……黒？」

戸惑っていると、

「もしかして、先生、本当は死んでいるんじゃないですか？」

「は？」

「だから、この現実は、すべて先生の幻想なんですよ。死ぬ直前に見る幻想」

「はぁ」

「過去に『走馬灯』というタイトルの小説を担当したことがあるんですが」

「走馬灯……」

「ほら、死ぬ瞬間、それまでの人生が走馬灯のように脳内を駆け巡る……というじゃないですか。つまり、死の瞬間を描いたミステリー小説です」

そして、クラタさんは、聞いてもいないのに、その小説の内容を話しだした。

「アイコはとある郊外の街に住む学生。ある早朝、バイトに行こうといつものリュックを背負ってミニバイクで駅へと向かいます。その途中、信号がない横断歩道がありまして。本来ならば一時停止するのがルールですが、人気《ひとけ》はない。で、そのままスピードを落とさずに通り過ぎようとしたそのとき、視界を何かが横切り、何かがバイクに当たった。

まさか、子供の飛び出し？　と急ブレーキ。が、子供ではなくて、それは白い猫だった。種類は分からないが、ペルシャとかそういう類《たぐ》いの高級な猫なのだろう。決して野良猫ではない。だって、首輪をしている。ハート形のチャームがぶら下がっている、真っ赤な首輪。ヤバい、飼い猫を轢《ひ》き殺《ころ》してしまった！

動転したアイコは、とりあえず、リュックの中に猫の死《し》骸《がい》を入れてその場から逃げる。そして、その日一日、猫を背負いながらあちこちと訪ね歩く。喧《けん》嘩《か》別《わか》れしたばかりの彼のアパート、お金を借りたままの姉のマンション、そして実家の母親のもと。が、どこに行っても相談に乗ってくれない。冷たくあしらわれるだけ。そうこうしているうちに、夜が明けてしまった。

アイコは決断する。事故があった場所に戻って、警察に連絡しよう。そして正直に白状するのが一番だと。

と思った瞬間、救急車のサイレンの音。そこで、アイコは気がつく。死んだのは猫だけではなくて、自分も死んだんだって」

クラタさんは、「どうだ、びっくりしただろう」と小鼻を膨《ふく》らませた。

そんなクラタさんに、私は「はぁ」と、あからさまに脱力してみせた。なんだ。長かった割には、よくある叙述トリックものじゃないか。

そんな私の態度にカチンときたのか、クラタさんはこんなことを言い出した。

「まあ、つまり、僕が言いたいのは、先生は、死んだも同然ということですよ」

「は？」

「だって、ここ最近、さっぱりじゃないですか。つまり、先生は、小説家的には、もう死んだも同然ということですよ。だからきっと、お墓に刻まれた名前も黒いんですよ」

「…………」

「なーんてね。冗談ですよ、冗談。きっとなにかの手違い――」

もう、我慢ならなかった。このままこの男のそばにいたら、気が狂いそうだ。

私は駆け出した。


いったい、どこをどう走ったのか。

私は、霊苑のどこかに迷い込んでしまった。

どこを見てもクローンのような墓が並ぶばかりで、位置関係もよく分からない。

人に聞きたくても誰もいない。カラスすら見当たらない。

とにかく、墓につぐ墓。視界の果てまで墓が続いている。まるで、人類が絶滅したあとの墓標のようだ。

「どうしよう……」

いい歳して、涙が滲んできた。

と、そんなとき、

「先生！」

という声が、どこからともなく聞こえてきた。

目を凝《こ》らすと、遠くから誰かが手を振ってこちらに向かっている。

げ。クラタさんだ。

本来ならば救世主のような存在のはずが、反射的に、近くにあった墓石の裏に身を隠す。

が、

「先生、どうしたんですか、いったい」

と、簡単に見つかってしまった。

「まったく、手が焼けるなー、勝手に自由行動しないでくださいよ。子供じゃないんだから」

「…………」

「とにかく、腹が減った。休憩センターに戻って、なにか食べましょう」

と、強引に腕を引っ張られたそのとき、足になにかがぶつかった。

足下を見ると、ぽっかり穴が空いている。

「あれー、カロートの蓋《ふた》、開けちゃいましたね、先生」

クラタさんが、やれやれという感じで、肩を竦めた。

……カロートって、納骨室のこと？

「あー、これは関東式のカロートですね。見てください、こんなに深い」

確かに、それはかなり深い穴だった。……カロートって、こんなんだったろうか？　以前、祖母の遺骨を納骨したときは、なんだかもっと小さかったような。

「先生のご出身は確か、奈良県ですよね」

答えずにいると、クラタさんのウンチクが突然はじまった。

「ご存知です？　関東と関西じゃ、カロートの作りが全然違うんですよ。関東は地下カロートといって、地下に大きな穴が掘られます。一方、関西では地上カロートといって、墓の中台に小さな穴が空いているものが多い。というのも、関東は全身の骨を納骨するのでカロートを大きくする必要がありますが、関西では遺骨の一部分だけ納骨するので小さくていいんですよ」

へー、そうだったんだ。……などと感心したのも束《つか》の間《ま》、

「それにしても、本当に先生は手が焼ける作家さんだなー。自由行動はするわ、カロートの蓋を開けるわ。僕、あなたの担当じゃなくてよかったですよ」

ぶっちん。

私の中で、かなり大きな音が鳴り響いた。堪忍袋の最後の緒が切れた瞬間だ。

「はははは、冗談ですよ、冗談――」

それは、一瞬の出来事だった。

クラタさんが、足を滑《すべ》らし、カロートの中に吸い込まれていった。

「いやだなー、落ちちゃいましたよー、先生のせいですからねー、蓋を開けるからー、ほら、も

たもたしてないで、引っ張り上げてくださいよー、足を挫いたみたいで、動けないんですよー、ほら、早くしてくださいよー、まったく、のろまな人だな、さあ、早くして――」

＋＋＋

――そして、〝私〟はカロートの蓋を閉めてしまいます。

『重たい石の蓋が閉じられたとき、クラタさんの声が嘘のように消えた。このまま立ち去れば、クラタさんは間違いなく死ぬ。私は殺人者となる。が、そのときの私には、そんなことはどうでもよかった。とにかく、クラタさんの声から解放されたかったのだ。』

この一節は、〝私〟だけではなく、読者の心境でもあります。なにしろ五百六十三ページ中、四百五十ページがクラタの台詞。このくどい台詞からようやく解放される……と思うと、読んでいるこちらが、「あー、すっきりした」という気持ちになるんですよね。

「それも、狙いました。この〝すっきり感〟のための四百五十ページだといっても過言ではありません」

ラストシーンも秀逸でした。

『私が「クラタさんは急用ができたので一人で帰るそうです」と告げたとき、バスの中から一斉に安堵《あんど》のため息がもれた。誰一人として、私を疑う者はなかった。それどころか、クラタさんの気が変わってバスに戻ってくる前に、とっとと出発してしまおう……という雰囲気すら漂っていた。

それからまもなくして、バスは霊苑を出発した。

車窓の外はすっかり暗闇《くらやみ》で、私の顔を鏡のように映し出す。

私は、自分の顔を見ながら思った。

クラタさんの遺体が発見されるのはいつ頃だろうか。

たぶん、腐乱死体か白骨死体になった頃だろう。

行旅死亡人。そんな言葉が、ふと、過った。』

……ここで、作中紹介された『行旅死亡人』が活《い》きてくるんですよね。

「あのラストは、何度も書き直したんですよ」

そうですか。道理で生々しいラストでした。まるで、本当に罪を犯した人間の独白のようで。

「本当に罪を犯した？」

さて、ここからが本題です。

この『カロート』は、実体験を元にしていますよね？

「先ほども言いましたが、違います。実体験ではありません。創作です」

では、言い換えます。一部、実体験を盛り込んだ創作ですね？

「は？　どういうことです？」

平間さんは、富士山麓の霊苑に実際に行かれていますよね、六年前の十月九日に。

「ああ、そういうことですか。……そうですよ。六年前、私は『小説家乃墓』に墓を買い、そしてその年の十月九日、慰霊祭に参加するために貸し切りバスに乗りました。……その体験を下敷きにしたことは確かです。でも、そのままを書いたわけではありません。例えば、小説では、『小説家乃墓』の募集は最終としましたが、実際はそんなことはなく、また、購入を急《せ》かされるようなこともありませんでした。前々から、『小説家乃墓』に自分の墓を買おうと思っていて、その年に実行したまでです。ただ、それだと面白くないので少々デフォルメはしましたが。バスガイドもそうです。実際には若くて綺麗《きれい》な女性でした。……小説なんて、そんなものですよ。実体験を頭の中でミキサーにかけて、まったく別の物語に作り替える」

では、同行したＴ社の嘱託社員クラタさんは？

「まあ、彼の場合、下手に造形するよりも、あのキャラクターを活かした方がインパクトありますからね。彼に限っては、ほぼありのまま書きました」

じゃ、カロートに……

「え？　もしかして、クラタさんを本当に殺害したんじゃないかって疑っています？　冗談でしょ？　だって、クラタさんはちゃんと生きてますよ」

ええ、それは存じております。だって、先日、そのクラタさんにお会いしてきましたから。

「クラタさんに会った？」

はい。そして、色々とお話を伺ってきました。六年前の十月九日、千駄ヶ谷駅。平間さんは集合時間に遅れたと。

「確かに、十五分ほど遅れました。来る途中で色々ありまして、自宅に一度戻ったんです」

集合場所に向かう途中、バイクが故障して……という理由だったと、クラタさんが。

「どうだったかしら。よく覚えてません」

そして、平間さんは大きなリュックを背負っていたと。

「お気に入りなんですよ。学生のときからずっと使っていて。取材や旅行のときには必ず持っていくんです。それがなにか？」

そのリュックにはなにが？

「そんなこと、話す必要あります？」

クラタさんが言うには、平間さんはそのリュックを片時も手放さなかったと。終始抱きかかえて、なにか不自然だったと。……そのリュックになにが入っていたんですか？

「だから、そんなこと、話す必要あります？」

じゃ、話を変えます。……六年前、私は千駄ヶ谷駅の近くのマンションに住んでおりました。『マノン』という名の猫と一緒に。

「……猫？」

当時で四歳。女の子です。ハート形のチャームがついた赤い首輪をしていました。

「ハート形のチャームがついた赤い首輪……」

ええ、そうです。『カロート』という小説の中に出てくるエピソードにも、ハート形のチャームがついた赤い首輪のペルシャ猫が出てきますよね？　その猫は無惨にも轢き殺され、犯人のリュックの中に押し込まれる。

「……あれは創作で」

クラタさんが言ってました。平間唯子の小説は、概《おおむ》ね実体験が元になっていると。そして、小説を通して自分自身の罪悪感を吐き出しているんだと。すなわち、平間唯子の小説は告解でもあるんだと。

つまり、『カロート』の中に出てきた、猫を轢き殺すエピソード。あれも実体験なんじゃないですか？

「…………」

私のマノンちゃんも、六年前の十月九日の朝に行方が分からなくなっています。

この六年間、ずっとずっと探していました。そして、とうとう見つけたんです。あなたの小説の中で！　そう、『カロート』の中で、見つけたんです！

あなた、六年前の十月九日の朝、集合場所に向かう途中、バイクでマノンちゃんを轢き殺しましたね？　そして、死体をリュックに詰めて、そのまま富士山麓の霊苑へ向かった。

クラタさんの証言では、あなた、霊苑で姿を晦《くら》ましたと。

「迷ったんですよ。広い霊苑ですから。なにしろ東京ドーム六十個分ですよ」

本当は、小説にあった通り、カロートに……。

「確かに、カロートの蓋が開いている墓を見つけましたよ。で、これはネタになる……と思ったんで、メモをしました」

メモだけですか？　カロートの中に何かを遺棄したんじゃないですか？

「だから、何を？」

だから、マノンちゃんをよ！

「仮に、あなたの推理通りだったとして、猫を轢き殺して遺棄しただけですよ。大した罪にはならない」

ええ、そうでしょうね。せいぜい器物損壊罪か動物愛護管理法違反。刑罰も軽いでしょう。だから、今日、ここまで来たのです。……私の手で、あなたを制裁するために。

「制裁って。そもそも、あなたが目を離したからいけないんじゃないの。飼い主のあなたがちゃんと管理してないから」

だからって、轢き殺した上に遺棄するなんて、許せない。で、どこに遺棄したんですか？　どのカロートに？

「何度も言わせないで。私は、遺棄なんてしてない。あれは、創作なの」

この期に及んでも、まだしらを切るんですね。ほんと、最低。許せない。あなたにはしっかり罪を償ってもらう。その命で。

「命？　……ちょ、ちょっと待って。もしかして、あなた、焼きプリンになにか？」

ええ、そうです。致死量のヒ素を混ぜておきました。摂取してから二十分ですから、そろそろ腹痛、頭痛、痙攣《けいれん》、めまいが出てくる頃です。そのあと激しい下痢と嘔吐《おうと》があらわれて、のたうち回りながらついには死ぬんです。

あなたは一人暮らしですから、きっと発見は遅れるでしょうね。一週間後？　二週間後？　いずれにしても、あなたは〝行旅死亡人〟です。

「なぜ、そこまで？」

両親を早くに亡くし、結婚も失敗し、子供にも恵まれなかった私にとって、マノンちゃんだけが支えでした。マノンちゃんがいたから、私は生きてこられた。孤独という地獄を耐えることができた。マノンちゃんは私にとって掛け替えのない家族なんです。その家族を殺されたんです。復讐をするのは当たり前でしょう？

「あんた、バカじゃない？　警察、警察に通報しなくちゃ」

どこまで往生際が悪いのよ！　警察なんか呼ばせない！　……っていうか、なんで？　なんでまだヒ素がきかないの？　なんで、まだこんなにピンピンしているの？

ああ、もう、じれったい！　こうなったら、私が。

死ね！　死ね！　死んでしまえ！

「平間唯子が警察に通報しようとしたので、私がこの手で平間唯子を絞め殺した。ざまーみろだ。が、心残りなのは、マノンちゃんがどのカロートに遺棄されたのか、聞き出せなかったことだ。でも、必ず、探し出すから。マノンちゃん、それまで待っていて。……録音終了」

最後にそう呟くと、園崎紀香はボイスレコーダーのスイッチを切った。

「さてと。長居は無用」

と、証拠品の焼きプリンを袋に詰めて帰ろうとしたそのとき、二階の部屋からなにか物音が聞こえた。

それは、懐《なつ》かしい響きだった。

ちりーん。

「え？」

階段を見上げると、そこにいたのは、白いペルシャ猫。その首には、赤い首輪。

ハート形のチャームの横についた小さな鈴をちりんちりんと鳴らしながら、猫がゆっくりとこちらにやってくる。

「マノンちゃん……」

嬉しい邂逅《かいこう》のはずが、園崎紀香は呆然《ぼうぜん》とその場に立ち尽くした。

閑話

「……結局、ふたりの飼い主さんをいっぺんに失ってしまったの、わたし。ひとりは殺されて、ひとりは逮捕されて。で、ここに連れてこられたってわけ」

白いペルシャ猫のマノンが、ふぅぅとため息をついた。

「ふたりともとってもいい人で、わたしをよく可愛がってくれたのに。……なんであんなことになったのかしら。ほんと、人間って不可解だわ」

マノンが、首輪をちりんちりんと鳴らしながらとぼとぼと歩き出した。

「どこに行くんですの？」まりもが声をかけると、

「……さあ。わたしも知らない。でも、行かなくちゃ」

「どこに？」

「ここではない、遠いところに」

「どうしても、行ってしまうの？」

「そうよ。わたしだけじゃない。まりもさん、あなたも行くのよ」

「あたくしも？」

「そうよ。ここにいる保護猫には、任務があるのよ」

「任務？」

「そう。……任務」

モーニング・ルーティン

【はじめまして　12・06・11】

日本の片隅《かたすみ》で、ひっそりと暮らしています。

はっきりいって、ここは田舎《いなか》です。とても不便です。はじめは戸惑うことも多かったのですが、今はすっかり、不便を楽しんでいます。

毎日がアドベンチャー、そしてエンターテインメント。発見の連続です。

つまらない日常なんて、この世には存在しません。だって、同じように見えている今日だって、昨日とはまったく違うのですから。同じように見える今日だって、明日にはどうなるか分かりません。

そんな移ろいゆく日常に逆《さか》らうことなく、淡々と、あるがままに、丁寧に生きていく。

そんな日々の暮らしを、気ままに綴《つづ》っていこうと思います。

【改めて、自己紹介　12・06・12】

実は、私、東京生まれの東京育ち。23区の西側にある某区が私の故郷です。

結婚後も、東京で暮らしていました。

品川にある私の職場と、飯田橋にある夫の職場。どちらへも30分以内で行ける場所。駅にも近くて、買い物も便利で。……タワーマンションです。もちろん、賃貸。お家賃は、そこそこお高かったです。なにしろ、都心ですからね。

私たちはいわゆるパワーカップルで、夫と私の年収を合わせると、だいたい１７００万円ぐらい。でも、やっぱり、家賃を払うのがバカバカしくなって。それに賃貸は、更新のたびに更新料とか事務手数料とか保険料がかかる。

１回目の更新の時期が近づき、それを知らせる通知が届きました。それを見ながら、「見てよ、この合計金額。家賃とは別に、これだけ払うんだよ。ほんと、バカバカしい」なんて私が愚《ぐ》痴《ち》ったのがきっかけで、私たち夫婦のマイホーム熱が一気に上昇したのでした。

週末になると、夫婦揃ってモデルルーム行脚。ああでもない、こうでもないと悩みに悩んで、ようやく、理想にほぼ近い物件に出会えました。市ヶ谷にある、中古マンションです。築30年近く経ってましたが、フルリノベーションされていて、見た目はほぼ新築。なにより、その眺《なが》めの良さ！　外濠《そとぼり》の桜並木が、窓一面に広がります。そろそろ桜の季節。窓からお花見ができるね！　と、私たちは、その部屋を買うことに決めたのでした。で、手付金を払う段になって。結構な軍資金が必要なことを知りました。購入価格の約1割。１０００万円近くを払わなくてはいけません。

現実を突きつけられました。

いくらパワーカップルとはいえ、そんな貯金なんかありません。仕方ない。手付金が貯まるまで、しばらくは賃貸で……と私は諦めモードに入ったのですが、夫が、「親から借りる」と言い出して。「母さんに相談してみる」って。

それだけは、絶対、いや。

お義母《かあ》さんに借りを作るのだけは、いや。あのお義母さんのことだもの、なんだかんだと口を出すに違いない。それだけは絶対いや！

でも、夫も夫で譲りません。更新料を払うぐらいならマンションを買う。絶対買う……と。顔を合わせれば、そんな喧嘩をしていた、そんなときです。

東日本大震災。

そのとき私は出張で、取引先の工場がある青梅市にいました。夫もまた出張で、千葉県の船橋に。

不思議ですね。いつもは、お互い、自分の仕事に没頭していて帰宅時間もまちまち。午前様になることもたびたびあったのに、そのときは、無性に家に帰りたかった。2年しか住んでいない賃貸なのに、更新料を払うのを渋《しぶ》っていたほど思い入れがない部屋なのに。どうしようもなく、あの部屋が恋しくなって。なにより、夫に会いたかった。

夫も同じ思いのようでした。携帯のメールに、

「今すぐ、帰る」と。
さらに、
「ケトル、大丈夫かな？」

話は、朝に遡《さかのぼ》ります。

平日はすれ違いの多い私たち夫婦でしたが、朝食だけは一緒にとるのがルールでした。そう、私たち夫婦の、モーニング・ルーティン。

どんなに眠くても、どんなにだるくても、朝の7時50分に朝食をとる。それが、結婚するときに交《か》わした約束でした。

朝食を作るのは、交代制。作る、といっても、たいしたことはしないのですが。トーストを焼いて、プレーンヨーグルトを容器に盛って、フリーズドライのスープをカップに入れてお湯を注ぐ。

そして、紅茶を淹《い》れる。

夫は大の紅茶好きで、紅茶へのこだわりだけは強いのです。私が当番のときも、紅茶を淹れるのは、夫。

この日も眠い目をこすりながら、ウォーターサーバーのボタンを押し、ケトルに水を入れていました。ウォーターサーバーにはお湯もあるのに、夫は、わざわざケトルでお水から沸かすのです（紅茶を淹れるだけのための英国製の銅ケトル。お義母さんのプレゼントなんだとか。ほんと、夫ったら、マザコン）。

ところが、この日は、お湯が沸く前にタイムリミットが来てしまいました。出張する夫は、いつもより早い時間の電車に乗らなくてはいけないとかで、

「ごめん、先に行く」

と、トーストを一口かじると、目にも留まらないスピードで、部屋を出て行ってしまいました。

私も私で、青梅に出張。いつもより早く出なくてはいけません。簡単に朝食を済ますと、慌てて家を出たのでした。

モーニング・ルーティンを途中で放棄するのは、これがはじめてでした。

いやな予感がしました。

案の定。

出張先で打ち合わせをしていたお昼過ぎ。あの大きな揺れが来たのです。

我を失っていると、携帯の着信音が鳴りました。夫からのメールです。

「今すぐ、帰る」と。

さらに、

「ケトル、大丈夫かな？」

ケトル？　背中に、いやな汗が流れました。

「嘘でしょ？　ケトル、火にかけっぱなし？」

返信すると、

「いや、よく覚えてなくて。……みっちゃん、出かけるときに、確認した？」

みっちゃんとは、私のことです。ちなみに、私は夫のことを、〝ケイさん〟と呼んでいます。

「私も急いでいて。……てっきり、ケイさんが消したものだと思っていたから、特に確認はしなかった」

「マジか」

それっきり、夫からのメールは途絶えました。震災のどさくさで通信システムがおかしくなったか、それとも夫の携帯の充電が切れたのか。

いずれにしても、私たちは、連絡を取り合う手段を失ったのです。

こうなると、人間、とことん不安になるものです。

強烈な帰巣本能のスイッチが入りました。

ちょっとしたパニックにも陥りました。

出張先の工場も、帰巣本能に目覚めた人たちが次々と現れ、上を下への大騒ぎ。その騒ぎを収めるように、帰宅命令が出ました。

帰らなくちゃ！　私は、挨拶もそこそこに、工場を後にしたのでした。

が、ここからが長い長い闘いのはじまりです。

電車が止まってしまったのです。

駅でそれを知った私は、茫然《ぼうぜん》自失《じしつ》。

駅前で立ち尽くしていると、私の目の前にすぅぅぅと車が停《と》まりました。見ると、先ほどまで同じ会議室にいた取引先の担当者の男性です。車内には、見覚えのある顔が数人。みな、先ほどまで同じ会議室にいた人たちです。

「よかったら、立川まで送りますよ」

どうやら、この人は、社員を立川駅までピストン輸送しているようでした。

私は、彼の親切に甘えることにしました。とりあえず、立川駅まで行けばなんとかなる。そのあとは、タクシーでも拾って……。

が、そうは問屋が卸しませんでした。

立川駅からが、大変だったのです。タクシーが全然捕まらない。待っているだけでは時間がもったいないので、タクシーを探しながら歩くことにしたのですが。

1時間経っても、タクシーは捕まらない。パンプスを履いた足はパンパンに腫《は》れ、靴擦れもしているようで、激痛が全身に回ります。

足を引きずりながら歩いていると、見覚えのあるコンビニのネオンサインが見えてきました。砂漠でオアシスを見つけた旅人のように、私は命からがらコンビニに駆け込み、携帯用のスリッパを購入したのでした。

スリッパですから、歩きにくいのは承知の上です。でも、パンプスよりは何倍もマシです。……でも、やっぱり、かなり歩きにくい。スリッパはどうやら男性用だったようで、するすると私の足から逃げていきます。そのたびに足先に力を込めるものですから、なんとも不自然な姿勢で歩くことになります。スリッパが逃げないように前屈《まえかが》みで歩くこと、約5時間。

暗いわ、寒いわ、痛いわ、疲れるわ……で、私のメンタルは擦り切れんばかり。あれほどの心細さは人生ではじめてです。

吉祥寺に着いた頃、ようやくタクシーを発見。空車のマークは点灯してなかったのですが、ダメ元で手をあげたら、停まってくれました。懇願《こんがん》するように行き先を告げると、「本当はこのまま帰るところだけど、方向が同じだから乗せてもいい」というありがたい返事。

そうして、深夜、ようやく懐かしい街並みが見えてきました。自宅があるタワーマンションの灯《あか》りも見えてきました。いつもの、灯りです。なにも変わっていません。なにも異変はありません。

私は、ほとんど号泣していました。

「ああ、火事にはなってなかった。マンション、無事だった」

そう、私が一番心配していたのは、ケトルのことです。火事になっていたらどうしよう。そのせいで、死人でもだしたら……。ケトルを火にかけた夫を、道中、何度罵倒《ばとう》したことか。夫に会ったら必ず言ってやる。「このバカチンが！」と。

でも、夫と再会したとき、不意に飛び出した言葉は「ただいま！」でした。

そして、初恋の人と再会した小娘のように、夫に駆け寄ったのでした。

が、視界に飛び込んできたのは、お義母さんの姿でした。……なんで？

「ケトルが心配で、母さんに来てもらったんだよ」

呑気に紅茶を啜《すす》りながら、夫。

「ほんと。ケイったら心配性。自動消火機能がついてるんだから大丈夫だって言っても、見に行ってくれってきかないんだから」と、やっぱり、呑気に紅茶を啜りながら、お義母さん。

「いや、だって、母さん。万が一ってことがあるじゃないか。……でも、なにごともなくてよかったよ」

　ところが、次の瞬間、

「みっちゃん、どうしたんだ？」

夫の顔から血の気が引きます。

「え？　なにが？」

夫の視線は、私の下半身に注がれています。その視線をなぞってみると……。

「え？」

咄嗟《とっさ》には、理解できませんでした。自分に起きたことが。

私の代わりに、お義母さんが状況を説明してくれました。

「なんで、血だらけなの？　みっちゃん」

そう。私の下半身は真っ赤に染まっていたのです。……血で。

まず、生理を疑いました。いや、それにしては、多すぎる。いくら生理でも、スカートをここまで真っ赤に染めるほど出血することはない。

次に思ったのが、タクシーのシートに血が付いていた？

いや、それだって現実的じゃない。だって、血は、足首にまで及んでいる。

「なんで、そんなになるまで、気がつかなかったの？」

お義母さんが、青い顔で、責めるように質問します。

だから、私も、言い訳するように言いました。

「……立川から吉祥寺までずっと歩いていて、足がパンパンに浮腫《むく》んで、しかも寒くて、感覚が全然なくて、スリッパに気を取られていて――」

すべて言い終わらないうちに鼻から意識が抜け、ふわっと体が浮きました。次に、落ち葉が舞うように床に落ちていきました。夫の手からも、ティーカップが滑り落ちます。前衛絵画のような模様を描きながら落下していく琥珀色《こはくいろ》の紅茶。それを見ながら、私は気を失ったのでした。

結果からいうと、私は流産していたのです。

妊娠していたことにも気がついていませんでした。もともと生理不順で、３ヵ月、半年こないことも、ザラだったからです。

だから、今回も、特に気にしていませんでした。生理がこなくても。

まさか、妊娠しているなんて。

妊娠４ヵ月だったようです。

でも、その小さな命は、あっけなく散ってしまいました。いうまでもなく、寒さの中、何時間も歩き続けたのが原因です。

あの震災で、東京で亡くなった人は７名だと聞いています。でも、実際には、８名です。いえ、もしかしたら、もっともっと多いかもしれません。数字には上がってこない死が、あちこちで発生していたのではないでしょうか。

いずれにしても、私たちの赤ちゃんは、死にました。たった４ヵ月で。

私は、それを夫のせいにしました。

――ケトルのことなんか、メールしてくるから。火事が心配で、無理して帰宅してしまった。

一方、夫は、私のせいにしました。

――妊娠に気がつかないなんて。うかつにもほどがある。女のくせに。

私たちは、お互い、言葉にはしなくても、そんなことを毎日のように思い、視線だけで詰《なじ》りあっていたのです。

そして、私たちの間には、しだいに、たくさんの亀裂《きれつ》が入っていったのでした。

まず、夫がおかしくなりました。

次に、私もおかしくなりました。

2人を繋《つな》ぐ心のネジが、ひとつふたつと緩《ゆる》んで、日々、外れてしまうのです。そのネジを拾っては元あった穴に差し込もうとするのですが、無駄でした。

そして、とうとう、すべてのネジが外れ、私たちの心はバラバラになりました。

その年の暮れに離婚。

半年前のことです。

＋

はじめての田舎暮らし　12・06・14

離婚して、半年。

私は、東京を離れました。

とにかく、東京から離れたかったんです。

余震も恐ろしかったし、なにより、例の原発事故の放射線が怖かった。

離婚したあとも、しばらくは東京の職場に通っていたのですが、私の心は恐怖に支配されていました。揺れてもいないのに揺れている感覚がずっと続き、放射線に汚染されている感覚が常につきまとい、水すら飲むのが怖くなった。

そして、ある日、私は衝動的に辞表を出しました。

辞表といっても、「今日で辞めます」というメールを送っただけですが。

会社のほうも、壊れた歯車のような私に手を焼いていたようで、自分から辞めてくれないだろうか？　と思っていたのでしょう。特に慰留はされず、「おだいじに」というメールが返ってきただけでした。メールには、いくつかの書類が添付されていましたが、それを開くのも億劫《おっくう》なほど、私は疲れ切っていました。

夜も眠れず、起きていてもいやな思いばかりが募《つの》り、毛穴から放射線がじわじわ忍び込んでくるような感覚に囚われ、実際、体中に小さな虫がぞわぞわと這っているような感覚が続き、どうにも耐えられず、……気がつけば、大量の薬を飲んでいました。心療内科で処方された薬です。３日分を一気に飲んでしまったのです。

あのとき永眠していたら。私は楽になれたかもしれません。

が、世の中、そう都合よく事は運びません。私は、経験したことがないような悪心《おしん》とだるさと頭痛に起こされる形で、目を覚ましたのでした。

病院でした。

「よかった」

そこには、母の顔がありました。

「連絡がとれないから、心配で。部屋まで行ったら、あんたがリビングで倒れていたのよ。で、すぐに救急車を呼んで。……でも、助かってよかった――」

そう言って母は泣いてくれましたが、このときほど、自身の強靭《きょうじん》な体力を恨んだことはありません。

なぜ、死ぬこともできないのだろう？　生きていたって、苦しいだけなのに。

が、同時に、こんなことも思いました。

死ぬことができないのなら、逃げるしかない。とことん、逃げるしかない。

そう思ったら、途端に、気力が湧《わ》いてきました。

「ねぇ。どこか田舎に行きたいんだけど」

そう言うと母は、

「そうね。それがいいかもしれない。どこか田舎で、ゆっくりと静養するといい。……そうそう、お母さんの知り合いで、そういうのをコーディネートしている方がいるのよ」

「コーディネート？」

「そう。移住のお手伝いをしているんだって。その方に、話を聞いてみる？」

母は、行動力だけはある人です。早速、その翌日、移住コーディネーターのBさんを連れてきました。一見トゲがありそうなシルバーヘアーの女性です。たぶん、母と同じぐらいの歳でしょう。

Bさんの手には、分厚いパンフレット。

「あなたにぴったりの場所があるんですよ。絶対、気に入ると思います。費用は月に1万円。……お安いでしょう？　ただ、条件があるんですが――」

そう言いながら、パンフレットを捲《めく》っていくBさん。

「まあ、たいした条件ではないのですが。……綴るだけです。日々のことを」

「え？」

「心によぎったこと、そして目にしたもの。なんでもいいんです。綴ってください」

「はぁ」

「善は急げ。とりあえず住んでみませんか？　トライ期間が設けられていますので、まずは1ヵ月でも2ヵ月でも」

「はぁ」

生返事を繰り返す私に、

「ね、暮らしてみなさいよ。そこなら、放射線、こないわよ」

母の言葉に、私は背中を押されました。

「……分かった。行く。放射線が届かない場所なら、どこにでも」

　そして、今のところを紹介されたのです。

　山梨県のＱ市にある、小さな町。

　70平米の平屋で、築50年とちょっと。小さな畑もついて、家賃は、１万円。

　もともとは、独り暮らしのおばあちゃんが住んでいた家だそうです。が、足腰が悪くなり、家事もままならなくなったので、息子夫婦が住む大きな町に引っ越すことになったとか。取り壊すにもお金がかかるし、そのまま放置していたところ、Ｂさんの目に留まり、移住者用の家として活用することになったんだそうです。

　私の前に、すでに３人の移住者が住んでいたようです。

「３人目の方が、家具や日用品をほとんど置いていってくれましたので、着の身着のまま、移住することができますよ」

　Ｂさんのその言葉に、なにかちょっと引っかかるものがあったのですが、そのときの私はとにかく、すぐにでも遠くへ行きたくて、

「それは助かります。では、明日にでも」

　と、退院の手続きを済ませると、その足で、現地に向かったのでした。

　それこそ、着の身着のままでした。財布と免許証と携帯電話と歯ブラシセットとタオルと数日

分の下着と着替え、そしてノートパソコン。それだけを持って。

なにか足りないものがあったら現地で調達すればいい、そんな甘い考えでした。もしかしたら、旅行気分だったのかもしれません。

実際、電車に乗っているうちに、私の気分は徐々に晴れていきました。西に向かえば向かうほど、放射線から解放されたような気分でした。

ですから、最寄りのX駅からさらに車で40分……と言われても、気になりませんでした。が、車に揺られているうちに、どんどん不安が募っていきました。

すれ違う車もなければ、人もいない。家もない。ただ、山、山、山。そして、その間から見える、虚しいばかりのチャコールグレーの空。

足りないものがあったら現地で調達……なんていう呑気な考えは、一気に吹っ飛びました。

……このまま、地獄に連れていかれるんじゃないのか？

都会生まれの都会育ち。そもそも、こういう田舎の風景には慣れていないのです。……むしろ、怖い。

私の中に、今までとはまったく違う〝恐怖心〟が、むくむくと頭をもたげました。

「すみません、やめます、移住するの、やめます」

そう言おうと、隣のBさんに視線を向けたとき、

「あ、見えてきました。あれですよ。あれ」

見ると、突然、集落が現れました。まるで、おとぎ話に出てくるような可愛らしい家が、あちこちに見えます。

「ここは、もともと、50年ほど前に開発されたニュータウンだったんですよ。東京でいえば、多摩ニュータウンみたいなものです」

「多摩ニュータウン……」

「今は閉鎖されましたが、ここから車で10分ぐらいのところに大手メーカーの工場もありましてね。そこの社員さんたちのための町でもあったんです。でも、工場もなくなり高齢化もあって、人口がどんどん減ってしまったんです。夕張みたいなものですよ。炭鉱がなくなって寂れてしまった町……という感じでしょうか」

「寂れた炭鉱の町……」

Bさんは喩《たと》えが的確でした。私の頭に、しっかりとしたイメージが植えつけられます。

かつては繁栄していたが、捨てられた町。

ますます、気が重い。

が、

「ここなら、面倒な人間関係に悩まされることはありません」

Bさんは、太鼓判を押します。

「いわゆる村的なところにありがちな、前時代的な因習とか閉鎖的な人間関係とかは、ここにはありません。住人のみなさん、それぞれ、〝個〟を大切にしてらっしゃいますので、変な干渉もないと聞きます。晴耕雨読、気ままな独り暮らしを満喫できますよ」

「……はぁ」

気のない返事をしたときでした。車内に、燦々《さんさん》と日差しが降り注ぎました。

見ると、チャコールグレーの雲が晴れ、太陽が顔を出しています。

そして現れた、圧倒的な富士山。

鳥肌が立ちました。

これほどまでに美しく巨大な富士山ははじめてです。

それまでの陰鬱《いんうつ》とした気持ちが嘘のように、

「ああ、ここで暮らすのが楽しみです」

私は、わくわくした気分で、そんなことを言っていたのでした。

家に到着すると、私のわくわくはさらに膨らみました。

なんて、素敵な家なんだ！

スタジオジブリの映画に出てくるような家！

「1人目の移住者がジブリファンでしてね。『となりのトトロ』のサツキとメイの家風に、リフォームしたんですよ」

Bさんが、まるで自分がリフォームしたかのように、得意げに言いました。

「和洋折衷の素敵な家です。……まっくろくろすけもいるかもしれませんよ？」

「まっくろくろすけ？」

「なんてね。……さあ、こちらが、鍵です。開けてみてください」

渡された鍵で木のドアを開けると、

「うわ……」

私のわくわくは、最高潮に達しました。

まるで、今の今まで誰かがいたかのように、家具と日用品がみごとに揃っているのです。玄関には、傘と長靴と防虫剤まで！　そして、北海道土産の、例のシャケをくわえたクマの置物も！

「前にも言いましたが、3人目の移住者が家具も家電も日用品もすべて置いていってくれましたから、すぐにでも生活することができますよ」

Bさんの言う通り、玄関だけではなく、キッチン、ダイニング、リビング、書斎、寝室には、家具と家電と日用品、それどころか消耗品もすべて揃っていました。これで家賃1万円？

ちょっと、不安になってきました。

「……どうして、前の人は、すべて置いていったんですか？　まさか、ここ、事故物件とか？」

「事故物件？」

「孤独死とか、殺人とか。……はたまた、失踪とか」

「はっはっはっはっ」

Ｂさんが、豪快に笑い飛ばします。

「気になるのでしたら、前の住人と直接話してみますか？」

「え？」

「電話してみますね」

そしてＢさんは携帯電話を取り出すと、軽快な手つきでボタンを押していきました。それから電話の相手と簡単な挨拶をやりとりしたあと、笑いながら私に携帯電話を差し出したのでした。

「前の移住者の方です」

前の移住者は、女性でした。職業は絵本作家で、アトリエと自宅を兼ねてここを借りていたそうです。が、１ヵ月前、１人でいることが無性に寂しくなり、実家に戻ったんだとか。はじめは１週間ぐらいのはずが、なんだかんだと延び、結局は、そのまま実家に居続けることになったと説明してくれました。

「……私物と仕事道具は持ち出したんですが、家具とか家電とかはみな実家にもあるものばかりで、だからといって処分するのはもったいないな……と思っていたところ、Ｂさんが『そのままでいいですよ』とおっしゃってくれたので、そのお言葉に甘えました」

ということでした。さらに、

「あ、庭に自転車がありますから、それもお使いください。私、免許を持っていないので、足は自転車だったんですよ。一応、電動アシスト自転車ですので山道も走れます。裏庭に畑もありますので、そちらもご自由に。ナスとキュウリとトマトを植えてます。……といっても、1ヵ月放置していますので、もしかしたら野生に戻っちゃって跡形もないかもしれませんが。あ、インターネットとかしますか？　ネットも使えますのでご安心ください。ルーターをそのままにしてありますので、ジャックにプラグを挿入するだけです。あ、でも、その前に、プロバイダーと契約してくださいね。いうまでもなく、水道と電気とガスも手続きしてください。……ああ、もしかしたら、Ｂさんが全部してくれているかな？　私のときがそうでしたので。着いたその日から日常生活をはじめられるように、すべてお膳《ぜん》立《だ》てしていてくれたんです。ですから、今回もたぶん、大丈夫だと思います。……あ、それと。クロスケ」

　クロスケ？　まっくろくろすけ？

「そうです。最初は、まっくろくろすけだと思ったんです。なんだか、部屋中のあちこちに黒い玉がふわふわ浮いていて。でも、よく見たら、違いました。毛の塊だったんです。なにか獣の毛かな……と警戒していたら、あるとき、キッチンの収納庫に黒い影が現れて。……猫でした」

　猫？

「そう。真っ黒な、巨大な猫。どうやら、前の住人さんが飼われていたようです。首輪をしていましたからね。でも、ご飯をくれる飼い主がいなくなったからか、野良化していました。ネズミや鳥や虫を捕まえて、空腹を満たしていたようです。で、時々、家に現れては、食べ物を物色していたようでした」

　ネズミや鳥や、虫……。

「で、せっかくのご縁なので、私が飼うことにしたんです。クロスケと名付けました。ですが、お風呂に入れてみて、びっくり。黒かったのは汚れのせいで、それを洗ったら、シルバーグレーの美しい毛並みが現れたんです。そして、ゴールドの瞳《ひとみ》。たぶん、ブリティッシュショートヘアでしょう。そして、もうひとつ驚いたのは、女の子だったことです。その大きさとふてぶてしい顔つきから、てっきり男の子だと思ったのに。でも、〝クロスケ〟という名前は気に入ってくれたようなので、そのままにしました。……とてもいい子ですよ。ちょっとツンデレなところがありますが、呼べば来ますし、いたずらもしません。とっても可愛い子です」

　……そんな可愛い子を、置いていったんですか？

「だって、クロスケは、家についていたものですから。家から離したら、かわいそうじゃないですか。それに、クロスケは野良としても立派に暮らしていける、自立した猫です」

　そう説明されても、都会暮らしの私には、腑《ふ》に落ちませんでした。

　……結局、捨てたということでは？

「ぜひ、クロスケって呼んでみてください。ひょっこり現れますから。……では、素敵なカントリーライフを！」

　そして、電話は切れました。

色々と引っかかることはありましたが、

「クロスケ！」

と私は、呼んでみました。

すると、ワープでもしたかのように、急にシルバーグレーのもふもふが足元に。

「おぅ！」

確かに、大きな猫でした。そして、まんまるい猫でした。その愛嬌のあるフォルムに、つい、口元が緩みます。

「クロスケ！」

私は、もう一度、呼んでみました。すると、マーキングでもするかのように、ふくふくの頬《ほお》を私の足に擦《こす》りつけてきました。

「おぅ！　おぅ！」

思わず、にやけてしまいます。

私は、確信しました。ここでの暮らしは、きっとうまくいく。

……それが、昨日のことです。

穀物フリーな猫　12・06・15

富士山の麓《ふもと》にある、寂れたニュータウンに移住して、早3日目。

前の住人さんが家具や家電や日用品を残していってくれたおかげで、今のところ、なんとか生活をしています。

前の住人さんは、非常用の保存食も置いていってくれたので、これがとても助かっています。ところが、さすがにそれも底をつきそうです。

さて、どうするか。街まで買い出しにいくか。自転車はありますが、車で40分かかる距離、果たして、どのぐらいかかるのか。行ったはいいが、帰ってこられるのか。などと悩んでいると、リズミカルな音楽が流れてきました。

『スーパー　スーパー　スーパータドコロでございます〜♩　みなさまのお役にたつために〜今日もはるばるやってきました〜♩』

窓から見ると、青と白のストライプ模様の軽トラが、向こうからやってきます。そして、私の家の前で停まりました。どうやら、移動スーパーのようでした。

なんと、ありがたい！

私は、財布だけ持つと、軽トラに駆け寄りました。

軽トラの中は、コンビニをそのまま詰め込んだような充実した品揃え。キャットフードまで。

思わず、手が伸びます。

と、いうのも。

クロスケがやってくるのは、お腹が空《す》いたときか、またはお天気が悪いとき。その日も、朝から小雨《こさめ》がぱらついていて、気がついたら、リビングのソファーで寝そべっていました。ちゃっかりしたやつです。が、よくよく見ると、最初に見たときより、ちょっと小さくなっている感じがしたのです。

もしかして、ご飯、食べてないのだろうか？　前の住人さんの話では、ネズミや鳥や虫をとって食べている……と言っていましたが。だから、特に、私のほうから餌をやったことはないのですが。でも、隠れて、私が残したご飯を食べているようなのです。

……もしや、餌が必要なんでは？

その通りだ……と言わんばかりに、虚《うつ》ろにこちらを見る金色の瞳。

そのときは、私が食べていたカップラーメンの残りを差し出したのですが。見向きもしません。

「塩分が多いのは、ダメ。糖質が多くてもダメ。穀物も苦手。ネギなんて、もってのほか。高たんぱく質のものをちょうだい」

そう言っているような気がして、冷蔵庫の中を探ってみましたが、高たんぱく質のものは見当たらず。

そんなとき、やってきたのが移動スーパー。

「はじめて見る方ですね」

キャットフードの袋を持ち上げたところで、中年の女性店員さんに声をかけられました。どぎまぎする私。

そういえば、Bさんと別れてからこの2日間、他者と会話を交わしてない。なにしろ、ずっと引きこもっていました。

「……ああ、はい。2日前に、ここに……」

しどろもどろで、私は答えました。

「もしかして、この家の新しい移住者さんですか？」

「はい、そうです」

「そうですか。……これで、4人目ですね」

その言い方がなにか秘密めいていて、引っかかりました。

「そうですか、もう4人目ですか……。なるほど、4人目……」

やっぱり、なにか引っかかる。

そうこうしているうちに、ニュータウンの住人がわらわらと集まってきました。

そういえば、住人を見るのは、これがはじめてでした。

住人たちも、はじめて見る私に警戒。戸惑いながらちらちらと視線を飛ばしてきます。

こちらから声をかけたほうがいいのか、それとも、話しかけられるのを待ったほうがいいのか。などと、アタフタしているうちに、住人たちはさっさと買い物を済ませ、蜘蛛《くも》の子を散らすようにいなくなりました。

見ると、泥棒にでも入られたかのように、軽トラの中は空っぽに。啞然《あぜん》としていると、

「お客さんは、キャットフードだけでいいんですか？」

と、おばちゃん店員。

「え？」

「食料品は、あらかたなくなってしまいましたよ。残っているのは、ハチミツ1本と干し椎茸《しいたけ》1パックと、そして……ツナ缶3個だけです」

「あ、じゃ、残っているやつ、全部買います！」


ハチミツ1本と干し椎茸と、ツナ缶。買ったはいいが、これだけで、何を作れと？　そもそも、これでどれだけもつんだろうか？

というか、移動スーパー、今度はいつくるんだろう？

不安を抱えながら家に戻ると、クロスケが相変わらずソファーで寝そべっています。よほどお

腹が空いているようで、1ミリも動きたくないという感じです。

ものぐさなやつめ。よし、なら、その大きな体を動かしてやる。

私は、買ってきたばかりのキャットフードをこれ見よがしに開封すると、その中身をどんぶりにたっぷりと入れました。

クロスケのまんまるい頭が、ぴくっと動きます。そして、濡《ぬ》れた鼻がピクピクと。たぶん、匂《にお》いを確認しているのでしょう。

ほらほら。その体を動かさないと、食べられないよ。……さあ、こっちにおいで。

が。

「ふぅぅぅ」

と、クロスケ。なにやら、ため息のようにも聞こえます。

そして、相変わらず、1ミリも動く様子はありません。

なに？　どうしたの？　お腹、空いているんでしょう？

「ふん。それ、安物ね。穀物でかさまししているやつよ。でも、仕方ないわ。あの移動スーパーは、それしか扱ってないんだもの。今日は、それで我慢してあげる」

そんな捨て台詞を吐きながら、その大きな体からは想像もできないような俊敏な動きで、ソファーからどんぶりに移動するクロスケ。……と思ったら、あっというまに、どんぶりの中身を平らげてしまいました。そして、食った食った……と言わんばかりに、前足を舐《な》めはじめるクロスケ。

満足いただけましたか、お嬢様。

「満足なんかするわけないでしょ。次からは、高たんぱく質のフードを買ってちょうだい。ネットで注文すればいいのよ。今から注文すれば、こんな山奥だって、明後日《あさって》には着くはずよ。さあ、早く」

そう急かされているような気がして、私は早速、ネットでキャットフードを注文。レビューで星がたくさんついていて、〝穀物フリー〟〝高たんぱく質〟と謳《うた》っている品を、ポチりました。

「あ、そうか」

そこで、私はようやく気がつきました。

「ネットで注文すればいいんじゃない」

夜明けのゲー　12・06・16

今朝、目覚めると、なにやら酸っぱい臭いが。

うん？

これは、なんだ？

この黄土色の液体は？

うん？
よく見ると、毛玉のようなものが？
なんだ――!?

どうやら、クロスケの仕業のようでした。
クロスケが、ゲーをしたのです。ベッドに。……そしてキッチンに！
さあ、大変だ。
掃除しなくちゃ。洗濯しなくちゃ。

……ということで、あっというまに1日が過ぎました。
もう、余力はありません。
今日は、このまま寝ます。
おやすみなさい。

改名　12・06・17

なんとも、便利な時代になったものです。

こんな山奥でも、ネット通販の荷物はちゃんとやってくる。なにも移動スーパーを待たなくても、ポチッポチッポチッとするだけで、必要なものが必要な分だけ運ばれてくる。

田舎暮らし5日目、家には、大量の食料が届きました。

〝C〟というおやつも大量に届きました。なんでも、どんな猫でも夢中になる魔法のおやつのようです。

試しにあげてみますと、まあ、凄い。その食いつきったら。1本目をあっというまに食い尽くし、2本目も所望する始末。仕方ないので2本目をあげていると……クロスケの黄色い首輪がぽろりと外れてしまいました。

ほらほら。そんなにがっつくから。首輪、外れちゃったよ。

うん？

首輪の裏には、マジックペンで〝まりもさん〟と書かれていました。

「あなた、〝まりもさん〟っていうの？」

訊くと、クロスケの耳がぴくっと反応しました。

「そうか、〝まりもさん〟か。……そうだよね。女の子だもんね。〝クロスケ〟より、〝まりもさん〟がいいよね」

ということで、本日から、クロスケ改め、まりもさん……となりました。

というか、〝さん〟は敬称なのか。それとも〝まりもさん〟まで名前なのか。〝さかなクン〟あるいは〝アグネス・チャン〟的な？

まあ、どちらでもいいでしょう。

家事という人生　12・06・18

ある事情があって、今、いらない紙をかき集めています。そして、紙を細かく引きちぎっています。

引きちぎりながら、〝家事〟について、考えています。


正直、家事は嫌いでした。

結婚しているときは、家事のことでしょっちゅう、喧嘩になりました。

どちらがご飯を作るのか、どちらが片付けをするのか、どちらが掃除をするのか、どちらが洗濯をするのか。

まさに、押し付け合い。

つまり、それって、〝家事〟を〝義務〟として認識していたってことです。しかも、できれば解放されたい〝義務〟。

たぶん、世の中のほとんどの人がそう考えているんじゃないでしょうか。

だから、「私は、家政婦になるために、結婚したんじゃない」とか「私は、あなたの家政婦ではないのよ?」とか、妻がよく言うあのセリフがあるのではないでしょうか。

そのセリフには、ちょっとした差別が含まれているように思います。

まず、〝家政婦〟に対する差別。

家政婦は立派な職業です。そして、技能が必要な専門職です。イギリスでは、「ハウスキーパー」は尊敬されるべき職業です。弁護士や医者と同じです。でも、「私は、弁護士になるために、結婚したわけではないのよ」なんていうセリフ、聞いたことがありません。言ったとしても、それは、もっと違う意味になるはずです。

なにが言いたいのかというと。

つまり、私たちは心のどこかで、〝家事〟を軽蔑《けいべつ》しているのではないか? ということです。誰にでもできる、つまらないこと……と。だから、家事に専念している主婦を馬鹿《ばか》にするような風潮も生まれるんじゃないでしょうか。専業主婦よりも仕事を持つ女性のほうが上……と、無意識に思ってしまうんじゃないでしょうか。女性も男性も。

だから家事を、解放されたい〝義務〟と考えてしまう。

だから、「女性を〝家事〟から解放しよう」などという考えも出てくる。

それは、男性の責任でもあります。家事を軽く考え、そしてつまらない労働と切り捨ててきたのは男性のほうです。妻たちや母親たちが担ってきた〝家事〟に、価値を見出《みいだ》してこなかった。

でも、〝家事〟は、つまらないことでも、価値のないことでもありません。家事は人生そのものです。生きるために家事をしてきたのが人間です。仕事なんていうのは、後からついてきたオプションに過ぎません。家事と仕事、人間にとってどちらが大切かと訊かれたら、迷わず、〝家事〟と答えます。

大袈裟《おおげさ》でしょうか？

でも、ここに来てから、そんなふうに考えるようになったんです。

朝起きて、まず掃除。そして洗濯。それから朝食の支度《したく》。……そんな一連の作業がはじめのうちは億劫で、最初の3日間は保存食でしのぎ、服も下着も洗わず、掃除もしませんでしたが、4日目あたりから色々と必要に迫られて、〝家事〟とやらをしなくてはならなくなりました。

まりもさんが、ゲーをしたのです。朝起きたら、ベッドがとんでもないことになっていました。

シーツと布団は、前の人が置いていってくれたものをそのまま使用させてもらっていたのですが、うっすらカビ臭く、それでもまあいいかと我慢しながら寝ていたのですが、さすがにゲーをされたら、そのままでは済まない。

ということで、その朝は、シーツと布団カバーを洗うために、はじめて洗濯機を回す羽目に。

そうなると、いろんなものを洗ってみたくなって、そのままにしていた下着とか服とかタオルとかもついでに洗いました。

ゲーは、ベッドだけではありませんでした。キッチンにも。そうなると、掃除する他ない。で、結局、キッチンをピカピカにしてしまいました。

そうこうしているうちに、お腹が空いてきて。が、保存食はもう底をつき、あるのは、移動スーパーで買ったハチミツ1本と干し椎茸1パックと、そして……ツナ缶3個。

いったい、これで何が作れるのか。

途方に暮れていると、裏庭に、赤い実を見つけました。なんと、トマトです！ そういえば、前の人が、トマトを育てていたと言っていました。見ると、小ぶりですが、ナスとキュウリも見えるじゃないですか！

トマトとナスとキュウリ、そしてツナがあれば、ちょっとしたイタリアンを作れるぞ。ツナのオイルで、トマトとナスとキュウリを炒《いた》めて。……ああ、そういえば、干し椎茸もあったな。椎茸を戻した水をダシにすれば、もっと美味しくなるな。あ、それとも、スープにしたらどうだろう？

などと、私の頭の中で、いろんなレシピがサンバを踊りはじめました。

そうして、その日、イタリア風野菜炒めと野菜スープ、そして余っていた保存食の乾パンにハチミツをたっぷりまぶしたものが、食卓に並びました。

気がつけば、すっかり夜。

なんともいえない充実感が湧いてきました。

「ああ、これこそ、生きているってことなんじゃないか？」

特に仕事をしたわけでも、なにかノルマを果たしたわけでも、誰かに褒められたわけでもないのに、私は、なんともいえない達成感に満たされていたのでした。

そう、これこそが、〝家事〟の醍醐味《だいごみ》なんだ。

もし、これから先、誰かと再婚することになったら、率先して家事をしよう。

そんなことを思いながら、紙を引きちぎる私です。

ゴミ問題　12・06・19

〝家事〟をするために、早起きする習慣がついてしまいました。

ここに移住して7日目。

今日も5時に起きて、おめざに水道水を飲む。

ところで、富士山の麓にある町なのに、どうも水がまずい。富士山の近くの地域は、水がおいしいと聞いたことがありますが。

でも、まりもさんがごくごく飲んでいるので、まあ、問題はないのでしょう。

そのまりもさん。どこかに、かくれんぼう中です。忘れた頃に、ふいに現れて、私を驚かす気でしょう。

猫は気ままでいいな……などと、ぼんやりと窓の外を眺めていますと、なにやら、物音が。

ばさっ　どさっ　がちゃっ

何かを投げ置く音です。

うん？

窓から覗くと、なんと、玄関先に大量のゴミ袋が！

なんで？　どうして？

と、途方に暮れていると、お昼頃、聞き覚えのあるメロディーが。夕焼け小焼けの～♩のあのメロディー。引き続き、見覚えのある車がやってきました。ゴミの収集車です。

「ああ、ご存知なかったんですか？　あなたの家の前は、ゴミ置き場になっているんですよ」

午後、例の移動スーパーがやってきたので、私は訴えるように、おばちゃん店員に事の次第を説明したのでした。すると、おばちゃん店員は、

「前の住人さんたちも、そのことを知らなくて、随分と困ってらっしゃいました」

もしかして、移住者がコロコロ替わるのは、ゴミのせい？

「でも、ゴミの収集は週に1度ですし、なにより自分の家の前なら、捨てるのも便利じゃないですか。夕焼け小焼けの～♩のあのメロディーが聞こえたら、出せばいいんですから。昼なのに、夕焼け小焼けも変な話ですが。それに、ここはゴミ置き場兼、来客用の臨時駐車場でもありま

す。だからこそ、うちの軽トラも停車させてもらえているんです」

「……そうなんですか？」

「あなたは、ラッキーですよ。だって、うちの軽トラが来たら、誰よりも早く、駆けつけることができるんですから。ね、そうでしょう？　何事も、ポジティブに考えましょうよ」

「はぁ」

「一番乗りで買い物できるんですからね。この家の住人だけに与えられた特権のようなものです」

「でも、前は、売れ残りしか……」

「それは、あなたがもたもたしていたからですよ。さあ、他の住人さんたちが来る前に、欲しいものはどんどん買ってください。……ああ、そうだ。今日はいい紅茶があるんですよ。レモンも。前にハチミツを買いましたでしょう？　レモン汁とハチミツを混ぜたものを、紅茶に入れると美味しいですよ。ぜひ、お試しください」

「いや、でも」

　紅茶には、いやな思い出がある。あのときのことを思い出す。……真っ赤に染まったスカート、落ち葉のように床に落ちていく体。それを追うように手から滑り落ちるティーカップ。そして、死んでしまった小さな命。あれをきっかけに私の心は壊れた。夫婦の絆《きずな》も。……そして、私は恐怖に支配された。紅茶を見ると、あのときのことを鮮明に思い出す。紅茶は、壊れた心の象黴だ。だから、紅茶は……。

　でも、おばちゃん店員のお節介は止まらない。

「ここの水、まずいでしょう？　たぶん、水道管が劣化しているんだと思います。とてもじゃないけど水道水をそのまま飲めないと、ここの人たちは紅茶や日本茶やウーロン茶の茶葉をよく買われるんですよ。ですから、あなたも、ぜひ」

　紅茶とレモンを押し売りされていると、向こうから、ヌーの大群のように住人たちがわらわらと押し寄せてきました。

　私は慌てて、目に付いたものを片《かた》っ端《ぱし》から買うと、逃げるように家に戻ったのでした。

　家に戻って、買ったものをテーブルに並べてみると。

　……強力粉《きょうりきこ》、バター、牛乳、卵、砂糖。そして、どういうわけかシナモンパウダーが。その匂いにつられて、つい、買ってしまったようです。

　シナモンの匂いは、母を連想させました。

　料理好きな母がよく作ってくれた、シナモンロール。

　無性にシナモンロールが食べたくなりました。

　よし。作ってみるか。

シナモンロールとバラの花束《はなたば》　12・06・20

2日前のことです。ネット通販で買った靴下が届きました。

それにしても、靴下を留めているプラスチックの細いやつ。Tをふたつ合わせたような、あの留め具です。あれ、どうにかなりませんでしょうか。切ると、たいがい、Tの部分をどこかに飛ばしてしまうのです。

前だったらそのまま放置していたのですが、今は、まりもさんがいます。あの食いしん坊のまりもさんが、間違って食べてしまわないか……そう思ったら、放置するわけにもいかず。

血眼になって捜しているうちに、リビングがピカピカになりました。ついでに、拭《ふ》き掃除《そうじ》をしてみたのです。

拭き掃除をはじめて1時間後、ようやく〝T〟が見つかりました。

「あった！」と歓喜の声を上げたとき、玄関からなにか音がしました。ノックをするような、そんな音です。玄関ドアを開けてみると、ドアに1枚の紙が貼られていました。

『猫を外に出すな』

そう一言。よく見ると、紙はもう1枚。そこには、びっしりと文字が書き込まれていました。

『警告。猫は、完全室内飼いにしてください。でないと、いろいろな病気が心配です。野良猫と完全室内飼いの猫とでは、寿命の長さも歴然と違います。前者は2～3年。後者は15～20年。それだけ、外は危ないということです。室内だけで飼っていても、猫は案外平気です。犬と違って、狭いテリトリーで満足するからです。むしろ、テリトリーが広すぎる外のほうがストレスがたまります。なにより、外に出されると、うちの庭にウンコとおしっこをするので、とても困ります。うちはトイレじゃありません。猫トイレを、室内に用意してください。おしっこの量と色がチェックできるので、白い固まる砂がオススメです。すぐに、ネットで注文してください。届くまでは、段ボール箱にビニール袋を敷いて、さらに不用の紙を細かくちぎって、砂の代わりにしてください。間違っても、そこらへんの砂とか土とかは使用しないでください。バイキンや虫が心配です。繰り返しますが、猫は外で飼わないでください。でないと、保健所に訴えます。それか、猫さらいに渡します』

保健所？　猫さらい？

私は、慌てて、

「まりもさん！」

と叫びました。すると、どこからともなく、灰色のもふもふが足元にやってきました。

「まりもさん！　外に出ちゃ、ダメ！　猫さらいが来るよ！」

そして早速、猫トイレと固まる白い砂をポチりました。

到着するのは明後日だということなので、警告文に書かれていた通りに、即席でトイレを作りました。段ボール箱にビニールのゴミ袋を敷いて、要らない紙をかき集めて細かく引きちぎって……。

　そうして、その日から、まりもさんは完全室内飼いの猫となりました。それから、2日。まりもさんは、窓の外を懐かしそうに眺めています。

　しかし、なんでですね。

　私が小さい頃は、飼い猫であっても、家と外を自由に行き来していたものですが、今は、そうもいかない。確かに、病気や怪我《けが》は心配ですが、家に閉じ込めることが最善とも思えません。実際、まりもさんは、ずっと外を眺めている。

　やっぱり、外に出たいのだろうか？

　試しに窓を開けてみましたが、外に出たがる素振りはみせません。

　もしかしたら、今までは家にトイレがないから、仕方なく、外で用を足していたのだろうか？

　本当は、一日中、家にひきこもっていたかったのだろうか？

「そう、それが正解。ご飯があってトイレがあれば、あたくしたちは外に出る必要ないもの。避妊手術もさせられたから、そういうことをする必要もないしね。だから、日がな一日、のんびりと家の中で過ごせれば、それでいいのよ」

　とでも言うように、大きなあくびをする、まりもさん。

　だとしたら。

あの警告文を書いた人は、正しいのかもしれない。恫喝《どうかつ》はしているけれど、ところどころ親切な部分も見え隠れしている。猫の寿命のところとか、トイレの砂の種類とか、臨時のトイレのことまで。

――そうか。この人は、本当は猫好きなのかもしれない。

そう思ったら、急激に申し訳なさでいっぱいになりました。

――うちにトイレがないばかりに、まりもさんはこの人の庭にうんちとおしっこを。そりゃ、怒るよな……うん。同じことをされたら、自分だって怒る。

謝っておいたほうがいいな。

そうして、私は、昨日焼いたシナモンロールを持って、警告文を貼った人のところへ行くことにしました。

シナモンロール。ネットでレシピを見つけて、見よう見まねで作ってみたのですが、これが信じられないぐらい美味しく焼きあがりまして。それこそ、今まで食べたどのシナモンロールより美味しかったのです。母が作ってくれたシナモンロールよりも。

自分にこんな才能があったなんて信じられない。

が、その才能をひけらかす機会がない。自分ひとりで食べて、それでおしまい。……と諦めていたのですが、チャンスが向こうからやってきたのです。

警告文を貼った人は誰か、すぐに見当がつきました。まりもさんの体に時々ついていた、バラの花びら。

きっと、バラ園をトイレにしていたに違いありません。

バラ園は、私の家の隣にあります。

隣……といっても、百メートルは離れていますが。

が、百メートル離れていても、バラ園の美しさは確認できます。色とりどりのバラが、今を盛りと咲き誇っています。

そして、今日の午前中、シナモンロールと謝罪文を籐籠《とうかご》に入れて、お隣さんの玄関先に置いてきました。

そして、たった今。

玄関先に、籐籠いっぱいのバラの花束が置かれていました。

バラの香りに噎《む》せたのか、私の目から涙が。なんの涙かは分かりません。

たぶん、なんともいえない幸福感が、私の涙腺《るいせん》を緩めたのでしょう。

この暖かい風も、いけません。

涙が、次々と溢れます。

「ああ、なんて世界は美しいんだ！」

気がつけば、そんな大袈裟なことをつぶやいている私。

さらにです。なんと、紅茶が飲みたくなったのです。あの日を境に、ずっと避けてきた紅茶。

でも、無性に飲みたくなったのです。

だって、シナモンロールには、やっぱり紅茶が合う。

移動スーパーのおばちゃんに教えて貰《もら》った通り、レモン汁とハチミツを混ぜて、入れてみました。ついでに、バラの花びらも浮かべてみました。

素晴らしい味でした。

すべてのわだかまりがすうぅぅっと解けるような味でした。

ふと、母のことを思い出しました。

病院で、涙ぐんでいた母の顔。

もう、これ以上、心配させたくない。

私は、携帯電話を握りしめました。

「母さん。シナモンロールを作ったんだよ。凄いでしょう？　自分だけで作ったんだ。それだけじゃないよ。料理も掃除も洗濯も自分ひとりでやっている。完璧《かんぺき》だよ。……そして、今、紅茶を飲んでいるんだ。……そう、紅茶、飲めたんだよ。ようやく、あの頃の日常《ルーティン》を取り戻すことができたんだよ」

そう、母に伝えたくて。

そして、

「やりなおしたいよ。もう一度。……あの頃のように夫婦で朝の紅茶を飲みたいんだ。ね、母さん、どう思う?」

+

今日、お義母さんから電話があった。

「みっちゃん、元気にしている? ケイから、電話があったのよ。あの子、もう大丈夫だって。飲めなくなった紅茶も飲めるようになったって。だから、もう一度、やりなおしてみない?

……分かっている。ケイにも、悪いところはたくさんある。家事も全然やらなかったらしいわね。でも、今ではシナモンロールを作るほどなのよ。掃除も洗濯も完璧なんだって。次からは、みっちゃんを困らせるようなことはないと思うわ。困らせたら、私が叱《しか》りつけるわよ。

ケイの仕事のことは気にしないで。あの子、正式に会社を辞めたわけではないのよ。書類を提出していなかったみたいなの。だから、休職扱いにしてくれているの。

……そうそう。市ヶ谷の中古マンション、まだ買い手がないんだって。なんなら、あなたたちが買いなさいよ。私が手付金をだすから。ね、そうしなさいよ」

元夫のケイさんが、心を壊し、自殺をはかった……と聞いたのは、1ヵ月前。

そのときも、お義母さんから連絡があった。そして、

「いい施設がみつかったのよ。心を病んだ人たちが自立しながら暮らしている町があるんですっ

て。

もともとは大手メーカーの工場に勤める人たちが住むニュータウンだったらしいんだけど、去年から、メンタルケアの施設になったみたい。移住者として田舎で暮らして、自然に触れながら心の病《やまい》を治すプログラムよ。日々の暮らしを日記に綴って、自分を見直すんだって。

……なんでも、アニマルセラピーも導入されているらしくて、ケイのところには、猫が与えられるみたい。震災のときに保護された猫で、とっても優秀なんだって。その猫のおかげで、すでに3人の患者さんが完治しているんだとか。

……ふふふ、あのケイが猫を。いったい、どうなることかしらね。でも、予感があるのよ。すべて、うまくいくって」

どうやら、お義母さんの予感は的中したようだ。

ケイさんは、心の病を克服したという。しかも、家事も完璧にこなしシナモンロールを作るほどに。そして、震災の恐怖と結びつく……ということで飲めなくなった紅茶も、飲めるようになったと。

「ケイは、すっかり元通りよ。だから、復縁しなさいよ」

お義母さんは、全然、分かっていない。私たちが離婚したのは、ケイさんの心の病が直接の原因ではない。

お義母さん、あなたが原因なのよ。

私、あなたのことがとても苦手だった。もっといえば嫌いだった。

なのに、ケイさんは、極度のマザコンで。

それでも、我慢していたのだ。お義母さんは嫌いでも、ケイさんのことは好きだったから。

でも、

――妊娠に気がつかないなんて。うかつにもほどがある。女のくせに。

そう最初に言ったのは、お義母さん。

これが決定的だった。

ケイさんのことは好きだったけど、お義母さんがいる限り、私には無理。

だから、離婚したの。離婚届をケイさんに突きつけたのよ。そして、あなたたちから離れるために、ここに移住した。

「お義母さん。私、妊娠しているんです」

そう言うと、お義母さんは絶句した。電話でも、その顔が引きつっているのがよく分かる。

「北海道で、いろいろとお世話になった漁師さん。その人と、今一緒に暮らしています。その人の子を身ごもりました。来月、私の誕生日に婚姻届を出す予定です。ですから、ケイさんとは復縁できません。さようなら」

全部、嘘だった。

が、ここまで言わないと、お義母さんは分かってくれないと思った。

でも、北海道に移住したのは、本当だ。
ここで、今、私は幸せに暮らしている。
そして、先日、ブログも開始した。
『バツイチおひとり様のコーヒーブレイク』
というタイトルだ。
さあ、今日も更新しなくては。

【私のモーニング・ルーティン　12・06・30】

——今日は、私のモーニング・ルーティンをご紹介しようと思います。
朝は、やっぱりコーヒーですね。
コーヒーでなくちゃ。

「アニマルセラピー？　まりもさん、あんた、そんなことをしていたの？」

三毛猫のミモザが、呆《あき》れたように言う。

ここは、都内某所の猫カフェのバックヤード。

いろんな素性の猫たちが集まっている。

「あんた、人間にいいように利用されていただけじゃないの？」

ミモザは、人間嫌いだ。なにかと人間を疑う。なんでも、赤ちゃんのときに人の良さそうなおばさんにもらわれたそうだが、一週間もしないうちにネグレクト。お腹を空かせてミィミィ鳴いていていると、「煩《うるさ》い！　どっかに行きな！」と蹴飛ばされて。捨てられそうになったところ、ちょうどやってきた宅配便のおにいさんに助けられた。が、この人にも一週間で見捨てられたんだそうだ。……ひどい話だ。これじゃ、人間を信用できるわけがない。

「人間なんて、みんなそうよ。猫を消耗品ぐらいにしか思ってない。だから、あんたも利用されたのよ」

「利用？　違うわよ。あれは〝任務〟だったのよ」

「任務？　なにそれ」

「あたくしをドブから救い出してくれたおばさんが、なんちゃらというＮＰＯの代表で、ボランティア活動をしていたのよ。その人には恩がある。なにしろ、あたくしの足の怪我も治してくれた。めちゃくちゃお金がかかったと思う。だから、〝任務〟を断れなかった」

「でも、その任務が終わったら、お払い箱。しかも、こんな場末の猫カフェに沈められた。やっぱり、利用されていただけだよ」

「…………」

「いい？　ここに来たら最後、もう逃げられないと思いなさい。死ぬまで、人間にサービスをしなくちゃいけないのよ」

「なんで、逃げられないの？」

「あれを見なさい」

ミモザの視線を追うと。

「ちゅ～る！」

「そう。ちゅ～る漬けにされて、骨抜きにされるのよ。あの子を見てみなさい。ここに来たときは、ほっそりとしたクールなアメリカンショートヘアだった。何度も脱走したけど、そのたびに連れ戻されてちゅ～るを与えられた。ちゅ～る漬けにされたのよ。今ではあの有り様よ。もう逃げ出す気力すらない。完全に、ジャンキーね」

ミモザの視線の先には、鬼の形相でちゅ～るにかぶりつく、でぶっちょのアメリカンショートヘア。窓が開いていても、ドアが全開でも、まったく逃げ出す様子はない。

確かに、ちゅ～るの味は禁断の果実のようだ。一度味わったら、もっともっと欲しくなる。

「あれは、明日のあんたの姿よ。あんたもちゅ～るの虜《とりこ》になり、ここに留《とど》まるしかなくなるのよ」

それは、それでいいと思った。

だって、もう帰るところはない。

風の便りで、あの所沢のマンションは取り壊しになるのだと聞いた。地震をきっかけに、欠陥マンションであることが暴《あば》かれてしまったのだ。

もっとも、それ以前に、あの人はマンションを追い出されてしまったのだろうが。

なにしろ、住宅ローンを滞納し、『期限の利益の喪失通知』というのを食らっていた。

……今頃、あの人は、いったい、どこでなにをしているのだろう。

野垂れ死にしていなければいいが。

ある作家の備忘録

備忘録／短編は苦手です　16・05・16 up

猫にまつわる短編（猫短編）を……と依頼されたのが、3ヵ月前。

原稿用紙換算50枚程度の短編ならば、調子がよければ5日ほどで完成する。調子が悪くても、2週間もあれば。

なので、短編を依頼されたときは、締め切り日から遡って2週間ぐらい前になってようやくタイトルを考え、簡単なプロットを考えはじめる。つまり、3ヵ月前に依頼があった場合は、2ヵ月半はその原稿についてはなにも考えず放置、締め切りが迫っている他の仕事を優先させる。が、この猫短編に関しては、そうはいかなかった。この3ヵ月間、猫短編のことばかりを考えていた。考え過ぎて、優先させなければならない他の仕事を飛ばしてしまうほどだった。

なんで、この仕事を引き受けてしまったのか。毎日のように後悔もした。断ろう。この猫短編は断ろう……と思いつつ、日にちばかりが過ぎていく。

そうして、難産の末、締め切りのその日の深夜に、猫短編はようやく完成した。……いや、完成したとは言いがたい。明らかに、尻切《しりき》れトンボだ。本来なら、誰もが納得するような着地点を示さなければならない。いつもならそうしている。お得意の大どんでん返しとか、予定調和なハッピーエンドとか。が、今回ばかりは、無理だった。なんとも、もやぁぁとしたラストになってしまった。

無理やりでも、アクロバティックな大どんでん返しや、めでたしめでたし……的なラストにするべきだ。そう思い、試した。何度も試してみた。が、タイムリミットがきてしまったのだ。そこで断念せざるを得なかった。

無論、「あと1日、締め切りを延ばしてください」とお願いすれば、1日ぐらい延ばしてもくれただろう。作家に振られた締め切り日というのは、かなり前倒しされているものだ。いわゆる、「保険」がかけられている。1日どころか、1週間延ばすことだってできたかもしれない。が、私はそうしなかった。だって、どんなに締め切りが延びたところで、これ以上のラストは書けない。

私は、不本意ながらも、猫短編をメールで送った。締め切り日の深夜11時55分。まさにギリギリセーフ。

私の肩から、急激に力が抜けていく。

3ヵ月分の重荷を下ろした気分だ。

そして、私は決意した。

猫に関する小説は、金輪際、書かない……と。

そのとき、はっと気がついた。

「さっきの原稿、タイトル付け忘れた」

ファイル名「猫短編（仮）」としたまま、送ってしまった。

ああ、タイトル。どうしよう？　まったく思いつかない。

あああ。


「原稿、面白かったです」

担当からそう返事がきたのは、1時間後のことだった。

さすがだ。こんな時間まで仕事をしているのか。まあ、私もそうだが。

「それで、タイトルはどうしましょうか？」

それを今、考えているところだ。

「もし、決まってないのなら、『まりも日記』ではいかがでしょうか？」

まりも日記？

備忘録／猫とパンケーキ　16・06・17 up

「『小説トドロキ』読みましたよ」

ヨドバシ書店の担当編集者、八《はっ》田《た》さんからそんなことを言われた。

溜池山王《ためいけさんのう》にあるホテルのラウンジ。

年末にはじまる連載の打ち合わせも一通り終わり、世間話に移行したときのことだ。

はて、『小説トドロキ』？　なんだっけ？　フォークが止まる。

「『まりも日記』ですよ」

八田さんが、カフェラテのカップを弄《もてあそ》びながら、にこりと笑う。

ああ、そうだった。脱稿したのは1ヵ月前、ゲラチェックを終えたのは3週間前。そんなに昔のことでもないのに、すっかり忘れていた。……いや、忘れようとしていた。

「ああ、『まりも日記』」

私は、好物のジャーマンアップルパンケーキに、追加のシロップをたっぷりとかけた。

「『まりも日記』、あれ、すごく面白かったです」

お世辞でもそう言ってもらえると嬉しい。私の口元も自然とほころびる。が、すぐにいつものへの字口に戻すと、

「でも、尻切れトンボで終わってしまったけれど」

「いえ、私は気になりませんでしたけど。……だって、続編があるんですよね？」

「え……？」またまた、フォークが止まる。

「分かります。いわゆる、猫短編の連作ですよね？」

「………」私は、パンケーキの上で、バターを闇雲《やみくも》になでつけた。

「新境地というやつですよね？　ドロミスのクイーンが猫小説に挑戦！　というやつですよね？」

「…………」さらに追加のシロップをかけまくる。

「本になるのが、楽しみです！」

そう、『まりも日記』は、近い将来になにかしらの形で本になるのだろう。そもそも、それが前提の短編だった。文芸誌で何本か短編を発表して、それを一冊の本にまとめる。

以前なら、考えられなかったことだ。短編の依頼があっても、その作品は塩漬けされることが多かった。保険に喩えるなら、「掛け捨て」というやつだ。文芸誌に掲載されるだけの、その場限りの短編。数年前まで、そんな短編が合計で10はあった。が、2年前、それらの短編はすべてめでたく成仏を果たした。そう、一冊の本になったのだ。なんのコンセプトもない、言ってみれば寄せ集めのような短編集だったが、それなりに売れたようだ。重版が3回かかった。

そう、私は今や、ちょっとした売れっ子だった。無論、初版10万部超えの本物の売れっ子には遠く及ばないが、短編集が出版されて、それに重版がかかる程度には売れる作家になっていた。

5年前に出版した作品が文庫化され、それが大いに当たったのだ。東日本大震災の直後のことだ。あんな未曾有《みぞう》の大災害の陰《かげ》で、宝くじに当たったような幸運が私に巡ってきたのだ。『期限の利益の喪失通知』が届き、マンションを追い出された直後だった。まさに、禍福はあざなえる縄のごとし……だ。私は、港区に住むまでになっていた。しかも、「ドロミスのクイーン」とまで呼ばれるようになった。ちょっとした成り上がりだ。

ちなみに「ドロミス」とはドロ沼のようなミステリーのことで、数年前に誰かが作り出した新語だ。私にはそんな自覚はないのだが、どうやら私の作品は「ドロミス」なのだそうだ。しかも、かなり純度の高い「ドロミス」。……あまりピンとこないが。それでも、「ドロミスのクイーン」と呼ばれるのは、少し嬉しい。

だって、クイーンだ。女王様だ。数年前までは、国民健康保険料すらまともに払えなかった女が、今や、女王様。いったい、どんな運命のいたずらか。

私はなんとなく居心地の悪さを感じながらも、シロップでびちゃびちゃになったジャーマンアップルパンケーキをおもむろに切り分けた。

「ああ、猫、いいですよね……」

八田さんが、カップを弄びながら、うっとりとした表情で言った。「『まりも日記』を読んでいたら、無性に猫を飼いたくなっちゃいました」

おいおい。あの内容で、どうして猫を飼いたいなどと。『まりも日記』は、貧乏作家がうっかり猫を飼ってしまい、ますます窮地に追い込まれる話だ。あれは、「衝動でペットは飼うもんじゃない」という教訓なのだ。

……本当に読んだのだろうか。

この若い八田さんは、私が女王様になったあとについた担当だ。だから、私の貧乏時代はまったく知らない。というか、信じていない。世の中はある程度固定されていて、降ってわいたような幸運も転落もないと思っている節がある。そんな話を聞いても、それらはすべて創作上の話だと思っている節がある。戦争を知らない世代が、リアルな戦争をまったく想像できないのと同じだ。きっとこの八田さんは、自分はもとより、両親、祖父母、もっと言えば先祖代々、ずっと安定した地位にいたのかもしれない。だから、ハイ&ローな人生など、肌で感じることはできないのかもしれない。ちょっと味気ない気もする。

まあ、それはそれでいいのだろう。なんだかんだ言っても「安定」した人生が一番の勝ち組だ。そこに味付けなどを期待した途端、とんだ災難に見舞われる。

「猫、いいな……」

なのに、八田さんはそう繰り返すばかり。

ここは、人生の大先輩として、釘をさしておいた方がいいかもしれない。

「猫を飼ったことは？」

「ないです」

「なら、ペットは？」

「ないです」

「今は、一人暮らし？」

「はい」

「なら、絶対、やめておいたほうがいいです。絶対です」

「……え？」いじめっ子を見るような視線で、八田さんが私を見た。

「なにも、意地悪で言っているわけではないんです。猫に限らないんですが、猫って、可愛いだけじゃないんです」

「どういうことですか？」

「まず、お金がかかります」

「はぁ」

それがどうしたとでも言いたげな八田さん。なるほど、八田さんが属する出版社ならば、かなりの年収だろう。お金の心配はないか。

私は、アメリカ人のように大袈裟に肩を竦めると、

「お金以上に、時間をとられます。いえ、人生そのものを乗っ取られる……と言ってもいいかもしれません」

「人生を……乗っ取られる？」

「そうです。まずは、旅行ができなくなります」

「なるほど」一瞬、納得したように頷《うなず》いた八田さんだったが、「でも、そのときはペットホテルに預けたら？」

と、自身の経済力をそれとなく示してきた。……そういうことじゃないんだな。

　私は軽く頭を左右に振ると、シロップまみれのパンケーキを一口分、フォークで掬った。

「ペット……特に猫は、環境が変わると途端に体調を崩すんですよ。猫にとって家は縄張り。それ以外はすべて敵地《アウェー》。大きなストレスになります」

「でも今は、ペットシッターというのもありますし。それだったら、家に猫を置いたまま、旅行もできますよ？」

　だから、そういうことじゃないんだって。

「分かりました。なら、ペットシッターを頼んで、旅行に行ったとしましょう。例えば、台湾」

「ヨーロッパがいいですね。私、夏休みには必ずヨーロッパのどこかに行くんです。今年は、スペインに行く予定です。５泊８日で」

「………。分かりました。では、５泊８日のスペイン旅行に行ったとしましょう。この場合、８日間、家を空けることになります」

「はい、そうなりますね」

「つまり、８日間、猫と離れ離れになるんです」

「まあ、そうでしょうね……」

「耐えられますか？」

「は？」

「８日間、離れ離れになるんですよ？　私なら、丸１日離れただけで、頭がおかしくなります」

「は？」

「だって、一緒にいるときだって心配ばかり。いつものカリカリを食べ残した、いつもの時間にうんちをしない、いつもよりおしっこの量が少ない、いつもよりお水を飲み過ぎるような気がする……そんなことで不安になり、パソコンにかじりついて、ネットで検索しまくるんです」

「は……」

「一緒にいてもそれだけ心配なのに、8日間離れ離れなんですよ？　8日間、カリカリを残してないか？　うんちはちゃんとしているか？　うんちの色は変じゃないか？　おしっこの量と色は？　そんな心配をし続けるのです。私だったら、旅行どころじゃないです。心配で不安で、頭がおかしくなります。胃に穴が空きます」

「先生、それは、ちょっと過保護なのでは？」

「いいえ。猫を飼えば分かります。猫は、人間の時間と思考と、もっと言えば人生そのものを乗っ取ってしまう、恐ろしい生き物です。飼ったら最後、死ぬまでその幻影に悩まされるのです。今だってそうです。視界の端に、灰色の塊が横切るんです。ふくらはぎに、ほっぺをすりすりされるような感覚が……。これがずっとなんです。この5年間、ずっとなんです！　たぶん、死ぬまでです！」

「…………」

私の気迫に押されて、八田さんがしゅんと瞼《まぶた》を伏せた。そして、カフェラテを一口飲むと、

「じゃ、犬はどうです？」

「犬？　犬なんて、もっと人生を乗っ取られてしまいますよ。うちの伯母がそうでした。ずっと可愛がっていた犬を亡くし、ペットロス。そのあと、犬の後を追うように死んでいったんです」

「ああ、良いおばさんのほうですね。『まりも日記』に出てきた」

「そうです」

「では、悪いおばさんはどうなんです？　悪いおばさんは、ペットに人生を乗っ取られてませんけど」

「その代わりに、ペットを捨てましたけどね」

「ああ、そうでした」

「あの悪いおばさんは、今でもピンピンしてますが、相変わらずですよ」

私は、母から聞いた話を思い出した。

「そうそう。前に三毛猫の赤ちゃんをもらってきたそうで、でも、懐かないからと言って、配達にきた宅配便のおにいさんにあげちゃったんだそうです。酷《ひど》い話です」

「見ず知らずの人に猫をあげる？」

「そう。信じられます？」

「でも、叔母さん、喘息だったんでは？　なぜ、猫を？」

「こうなると、本当に喘息なのかも怪しいです。都合が悪くなると発作が出て、でも、すぐに元気になるんですから。いずれにしても、衝動的にペットを飼っては、捨てる。それを繰り返してきた極悪人なんです、うちの叔母は」

「……本当に酷いですね。……あ、すみません、先生の叔母さんなのに」

「いいえ、いいんです。本当のことなので」

私は、興奮した脳を収めるように、パンケーキにさらにシロップをかけた。そして、

「ペットを飼う人間には、2種類います。ペットに人生を乗っ取られ奴隷と化す人と、ペットを簡単に捨てる無慈悲な悪人」

「どちらも、なんか、いやですね……」

「でしょう？　だから、衝動的にペットなんか飼うもんじゃないです。……絶対に」

「先生は、どうだったんですか？　『まりも日記』を読むと、どうも衝動的に飼われたような……」

痛いところをついてくる。

「だからじゃないですか。だから、衝動で飼ってはダメって言っているんです。あの短編は、そういう教訓なんです。分からないんですか？」

「…………」

「あの短編を読んで、『猫が欲しい』なんて考える方がどうかしているんです。というか、全然、小説が読めてません。それで、編集者と言えますか？」

「…………」

八田さんが涙目で、唇《くちびる》を嚙《か》む。隣のテーブルから、視線がちらちら飛んでくる。

おっと、いけない。これでは、まるでパワハラではないか。泣かれたら面倒だ。ここにいる誰かが動画なんかをそっと隠し撮りして「売れっ子気取りの小説家が、若い担当編集をいじめている！」なんていうタイトルで、ネットにアップでもしたら。……おしまいだ。

「ああ、そういえば」

私は、これ見よがしに笑顔を作ると、唐突に話題を変えた。

「うちのマンションの掲示板に、変な貼り紙があったんですよ」

「貼り紙……？」八田さんが、目元をハンカチで押さえながら、鼻声で反応した。

私は、さらにテンションを上げて、とてつもなく楽しい話をしているのだ……とアピールするように言った。

「そうなんです。変な貼り紙なんです。管理会社が貼ったやつなんですけどね。なんて書いてあったと思います？」

「……さぁ？」

「なんと、『マンションの敷地内で、大便をしないでください』」

どうだ、面白いでしょう？　と私は大袈裟なアクション付きで言ってみたが、八田さんの顔は、期待に反して引きつっている。

隣のテーブルからも、刺すような視線。

私は、取《と》り繕《つくろ》うように言った。

「信じられます？　マンションの敷地内で大便だなんて。というか、そんなことする人、いると思います？」

「…………」

「で、貼り紙には、『ここ数日、敷地内で大便が何度も確認されました。大便はトイレでしてくださるよう、お願いします』って。文面は丁寧なんだけど、怒り心頭って感じなんです」

「はぁ……」

「それにしても、一度だったらまだ理解できるんです。強烈な便意かなにかで我慢できなくて、うっかり敷地内でしちゃった……とか。それとも、酔っ払ってトイレと勘違いして敷地内でしちゃった……とか。でも、複数回となると、もう確信犯ですよね。絶対、なにか意図がある。マンションの住人に恨みを持つ人間の嫌がらせか、それとも――」

「それ、本当に人間のものなんでしょうか？」

八田さんの目は、すっかり元に戻っている。というか、きらきら輝いている。もともと、こういう話が好きなのかもしれない。まあ、だからこそ、ドロミスクイーンを担当することになったのだろうが。

八田さんが、生き生きと話を続けた。

「私が学生のときです。キャンパス内で、毎日のように大便が確認されました。私も、目撃しました。はじめは、『猫か犬のものだろう』と思い、気にもとめていませんでした。他の学生もそうです。だから、そこに干からびた便が転がっていても、その横で平気で、お弁当なんかを食べていたのです。でも、あるとき、ある学生が気づきました。『便の横にある白いものはなんだ？』と。そういえば、どの便の横にも、必ず白いものが置いてある。『もしかして、あれ、トイレットペーパーじゃないか？』と、他の学生が言いました。『そうだよ、あれはトイレットペーパーだ！』。さらに他の学生が叫びました。『トイレットペーパーということは、つまり、あの大便は人間のだ！』。それからは、大騒ぎでした。業者を呼んで消毒したりして。変な話ですよね。犬や猫のうんちならそうでもないのに、それが人間のものだとなると、一気に気持ち悪くなるんですから」

「どうして、人間のだと？」

「だって、犬や猫だったら、トイレットペーパーで拭きませんよね？」

「あ」

「で、先生が住んでらっしゃるマンションの敷地内で発見された排泄物の件です。その排泄物のそばに、紙かトイレットペーパーは落ちてませんでしたか？」

「さあ……どうでしょう。私は見てないし。それに、人間でも、お尻を拭かない場合もあるのでは？」

「それはないと言えます。人間が、排泄後にお尻を拭くのは、もはや本能の域です。だから、なにか有事が起こるたびに、トイレットペーパーがまっさきに店からなくなるんです。３・11のときもそうでした」

「確かに」

「動物ですら、排泄したあとは局部をきれいにしたがります」

「あ、その通りです。猫もそうでした。うんちをしたあとは、執拗《しつよう》に、お尻の穴を舐めてました」

「人間だったらなおさらです。用を足した後は、拭かないではいられない」

「……おっしゃる通り」

「だから、今度、マンションの敷地内で大便が発見されたら、そのそばにトイレットペーパーのようなものがないか確認することをおすすめします」

　おすすめします……と言われても。たぶん、例の大便は、夜のうちに排泄され、早朝には管理人か清掃員によって除去されている。なので、私が起きる頃には跡形もなくなっている。だから、私の目にとまることはない。

　でも、よくよく考えたら、いや、よくよく考えなくても、なんとも異常な話だ。敷地内で大便が毎日のように見つかるなんて。

　……あのマンション、なにかいわくつきなんだろうか？　新築のときに借りたマンションだから、事故物件ってことはないと思うのだが。

　いずれにしても、住み心地の悪いマンションであることには違いない。

　夜、仕事をしているとどこからともなくけたたましい音楽が聞こえてきたり。ああ、煩いな……管理会社に文句言おうか？　と思っていた矢先、逆に、「大音量の音楽を流してませんか？」とこちらが管理人に疑われたり。そのときは、「冗談じゃない、こっちが大音量の音楽に悩まされているんです！」と半泣きで訴えて、冤罪《えんざい》を晴らしたが。さらには、「もしかして、あなた、ペットを飼っていますか？」という疑いまで。ペット禁止のマンションであることは重々承知しているし、なにより、あのときの教訓で私は、金輪際ペットは飼わないと決めている。

　とにかく、なにかと管理会社から注意があり、息苦しさを感じていた。共用廊下にちょっとの間傘を置いただけで、「傘は部屋にしまってください」と注意書きが貼られたり。

　やはり、私みたいなものには、ああいう高級マンションは釣り合わないのかもしれない。私が騒音を出していると疑われたのも、私が高級マンションに住めるような身分ではないと見抜かれたからなのかもしれない。

「ところで、先生。さっきからずっと気になっていたんですが。……それ、本当にパンケーキなんですか？」

　と、八田さんが、私の前の皿を視線で指した。すっかりシロップだらけのそれは、さながら、ふにゃふにゃのクレープのようだ。

「なんか、〝パンケーキ〟とは違うような」

なるほど。八田さんがイメージする〝パンケーキ〟は、いわゆるアメリカ式のホットケーキ、分厚い生地《きじ》なんだろう。が、〝パンケーキ〟というのは、フライパンなど平鍋《ひらなべ》で焼くケーキ……という意味で、本来は薄いものだ。クレープもパンケーキのひとつだ。……という私も、かつては〝パンケーキ〟といえば、アメリカ式のホットケーキを連想していたのだが。いわゆる刷り込みというやつだ。

刷り込みか。

日本人の大半が、〝パンケーキ〟といえば、アメリカ式のものを連想する。ということは、ある時点で、そういう刷り込みがなされたということだ。詳しく調べてないのでよく分からないが、たぶん、それはそんなに昔のことではないだろう。テレビ、映画、または新聞が、〝パンケーキ〟という触れ込みで例の分厚い生地を紹介し、それがあっという間に広がったに違いない。……などと考えているうちにも、ウエイトレスがやってきて、ジャーマンアップルパンケーキがもう1枚、運ばれてきた。どうやら、いつのまにか、八田さんが注文したらしい。

「本当はダイエット中なので、甘いものは控《ひか》えていたんですけど。……先生のを見ていたら、我慢できなくなりました。……ああ、美味しそう」

そう言いながら目を輝かせる八田さんの頭には、もう〝猫〟のことなどないように見える。

うん、それでいいのだ。

その場の衝動をしのぐには、猫なんかよりはパンケーキがちょうどいい。

備忘録／深夜のコンビニにて　16・06・18 up

「だから、今度、マンションの敷地内で大便が発見されたら、そのそばにトイレットペーパーのようなものがないか確認することをおすすめします」

私は、八田さんの言葉をふと思い出した。

というのも、例の大便をうっかり見つけてしまったからだ。

それは、昨日の深夜のことだ。トイレットペーパーを切らしていたことを思い出し、近くのコンビニに行こうと外出したときだ。

石畳のアプローチのど真ん中、なにか塊がある。外灯にうっすらと照らされたそれは、いかにも不気味だ。足がすくむ。

じりじりと近づいてみると、ぷわーんと臭《にお》ってきた。

「あ、これが、例の！」

と思った途端、体が嘘のように後ろに跳ねた。拒絶反応というやつだ。

「その排泄物のそばに、紙かトイレットペーパーは落ちてませんでしたか？」

八田さんの言葉に従い、一応、確認してみる。

ない。トイレットペーパーらしきものは、見当たらない。

となると。

「あれは、人間のものではない？」

じゃ、誰の？

もしかして、あれは、猫か犬のうんちょ？　確かにそのサイズはかなりのものだ。……でも、まりもさんも、便秘が続いたあとはあのぐらいのものはしていたような気がする。

「ああ、なるほど。このマンションの管理人さんは、ペットを飼ったことがないのかもしれない。だから、人間の排泄物だと勘違いしたのかも？」

そう思ったら、なにか安心した。

たぶん、このあたりに、大きめの地域猫がいるのだろう。

あたりだった。

茂みの中、光る2つの玉。

あれは、間違いない、猫の目だ。

が、その光はすぐに消えてしまった。私に気がつき素早く身を隠したのだろう。

胸がちくちくする。

まりもさんも、もしかして、こんな風に身を隠しながら生きているのだろうか。

野良猫として。

ああああ。

あのとき、なんでリビングの窓をちゃんと閉めていなかったのか。自分で自分が許せない。しかも、私は、まりもさんをしっかりと探さなかった。いや、探偵事務所的なところに依頼しようとは思った。でも、その料金は、とても払えるような額ではなかった。なら、自分で……と、ツイッターのアカウントをとって、探してもみたが。なにしろ、売れていない頃だったのでフォロワー数は30とちょっと。リツイートをしてくれる人も少なく、まったく効果はなかった。そうこうしているうちに、マンションを追い出されて……。

降ってわいたようなヒットがなかったら、今頃私はホームレスになっていただろう。または野垂れ死に。……あるいは、そっちのほうがよかったのかもしれない。こんな都心の高級マンションに住んでいても、まりもさんがいなければ、ただただ、虚しい。

ああ、虚しい。

気持ちがどすんと落ちる。うっかり、そのまま部屋に戻りそうになったが、トイレットペーパーのことを思い出し、私はすぐそこのコンビニに駆け込んだ。

トイレットペーパーの売り場に行く前に、私はふらふらとペット用品の売り場に引き寄せられる。

いつもは見て見ぬふりをしているのだが、この日ばかりは、衝動に打ち勝てなかった。気がつけば、カゴの中にはドライフードとウェットフードと猫のおやつが山盛り。

これをどうするつもりだ。……マンションの敷地内にいた猫にやるつもりか？　餌付《えづ》けなんかしたら、マンションの管理人に怒られる。それでなくても、騒音源として疑われている身なのに。

だからといって、カゴの中身を今からすべて戻すわけにもいかない。そんなことをしたら、ただの不審者だ。下手をしたら、万引きを疑われる可能性もある。

私は、レジに向かった。

レジの担当は、小柄《こがら》な若いお兄さんだった。ネームプレートに書かれた名前は日本人のそれではなく、たぶん、東南アジアの留学生だろう。

「この辺で、猫ってみかけます？」

なのに、私はつい、話しかけてしまった。お兄さんが、一瞬、困った顔をする。あ、ごめんなさい、いいです、日本語分かりませんよね……と言おうとしたとき、

「ああ、みかけますよ」

と、流暢《りゅうちょう》な日本語が返ってきた。そして、ハンディスキャナーで商品のバーコードを次々と読み取りながら、

「隣のビルの公開空地《こうかいくうち》にすみついているようです」

公開空地まで知っているなんて。なんて優秀な留学生なんだ。私なんて、つい最近まで〝こう

かいそらち〟と読んでいたというのに。

「隣のビルというのは、20階建てのビルのことですか？」

「あ、はい、そうです。1階から15階までがオフィスフロアで、16階から賃貸マンションだと聞いています」

正解だ。やけに、詳しい。

「あのビルのマンションに住む人が、よく買い物に来るんですよ。で、なにかのときに、そんな話になりました」

「で、猫は公開空地のどのあたりに？」

「ボクが見かけたのは、石畳のところです。でも、昼間は茂みにずっと隠れているようですね。動きはじめるのは、主に夜です」

「本当に詳しいんですね」

「ええ、ときどき、餌をやってますんで」

「餌を？」

お兄さんが、しまったという顔をした。

「あ、今の話は聞かなかったことに。前に、そのことで店長にめちゃ叱られたんです。餌付けしちゃだめだーって」

「大丈夫です。他言はしません。……で、どんな猫なんですか？」

「きれいな猫ですよ。グレーのもふもふした猫です」

「グレーで、もふもふした猫？」

鼓動が速くなる。……まさか、まりもさん？

「目はゴールド」

まりもさん……？

「女の子です」

まりもさん！

どきどきが止まらない。

「その猫は、いつから？」

と、私は、身を乗り出した。

「たぶん、先月ぐらいからじゃないでしょうかね」

「その子は、どこから来たんですか？　埼玉のほうですか？　所沢のほうですか？」

「……は？」店員のハンディスキャナーが止まる。「トコロザワ？」

「あ、すみません。……なんでもないんです」

「どこから来たかはわかりませんが——」店員は、再び、ハンディスキャナーをバーコードに当てはじめた。そして、「首輪はしているんで、元は飼い猫だったんじゃないかと」

……首輪？

「はい。青い首輪です。たぶん、ブランドもの。キラキラした飾りがたくさんついています」

まりもさんの首輪は黄色だ。やっぱり、まりもさんじゃない。まあ、そうだよね、まりもさんじゃないよね。そんな都合のいい話があるわけない。

あ、でも。誰かに拾われて、青い首輪をさせられたのかも。そしてなにかの理由で、捨てられて。それとも、逃げたのかもしれない。そして、私を探してここまで来たのかも……。

私の頭の中に妄想がうずまく。私を探しながら、彷徨《さまよ》うまりもさんの姿。……ああ、まりもさん！

「お客さん、大丈夫ですか？」

「あ、すみません、大丈夫です」私は、目の縁に滲んだ涙を指で拭《ぬぐ》った。

「それにしても、お客さんも猫を飼ってらっしゃるんですか？」

「え？」

「だって、こんなにたくさん、キャットフードが」

見ると、カウンターにはキャットフードとちゅ～るが山と積まれている。

「ああ、それは……」

「お客さん、隣のマンションの住人ですよね？」

「ええ、まあ」

「あのマンション、ペットは禁止ではなかったですか？」

「え?」

「実は、あのマンションの住人の一人が、こっそり猫を飼ってましてね。で、いつだったか、キャットフードを買いに来たことがあったんです。で、そのとき、『本当は、うちのマンション、ペット禁止なんだよね』と、笑いながら言ってました」

「………」

「だから、お客さんも、隠れて飼ってらっしゃるのかな……って」

「違います、飼ってません!」つい、声が大きくなる。「このキャットフードは、頼まれただけです。知人に頼まれて、買っただけですから」

言い訳がましいと思いながらも、私は強く否定した。

だって、万が一、このことがマンションの管理人の耳にでも入ったら、……面倒だ。

お勘定が済むと、私は逃げるようにコンビニを出た。

そして、エレベーターの前で気がついた。

トイレットペーパー、買うの忘れた。

備忘録/祝『ドランチ』 16・06・21 up

土曜の朝から午後まで放送しているバラエティ番組『ドランチ』に、いよいよ私の本が紹介されることになった。この番組で紹介されれば、売上アップは間違いなし。ということで、どの作家もこの番組を目指している。でも、まさか、私にそのお鉢が回ってこようとは。正直、嬉しい。

自宅でインタビューを……ということで、昨日から大掃除。一睡もしないうちに、テレビの撮影隊とレポーター嬢がやってきて。

とにかく、疲れた。

今日はよく眠れそうだ。

ちなみに、放送は、来月末の土曜日。

備忘録／オバマさんと腐乱死体　16・06・23 up

「『まりも日記』、読みましたよ」

デジャヴか？　と思われるほど、先日と同じことを言われて、私は、一瞬身構えた。

目の前にいるのは、天《てん》海《かい》空《くう》社の担当編集者。はじめまして……の人で、顔合わせをしているところだった。だから、まだ〝担当〟になったわけではないが、便宜上、担当女史としておく。

場所は、いつもの溜池山王にあるホテルのラウンジ。

自宅マンションから近いし、なにより好物のものがあるので、なにかというとここを打ち合わせの場所に指定している。

そう、私はこの日も、ジャーマンアップルパンケーキを頼んでいた。

「そのジャーマンアップルパンケーキは、オバマ大統領の好物だそうです」

はじめましての担当女史は、なかなかの物知りのようだ。

「へー、オバマさんが」

本当かどうか分からないが、とりあえず私は、頷いた。


天海空社から連絡が来たのは半年前のことだ。「一度お会いして……」という内容のメールだったが、なかなかリクエストに応えることはできなかった。なにしろ、他にも同じようなメールがいくつか来ており、下手に会ったりしたら、うっかりものの私のことだ、安請け合いをしてしまうに違いないと思ったからだ。だから、天海空社のメールにもなんだかんだ言い訳をし、今は会えない旨をそれとなく伝えていた。察しのいい人なら、それで当分はメールを送ってこないのだが、天海空社の担当は、熱心だった。というか、しつこかった。週に一度はメールがやってくる。それで、ちょうど半年目となる先週、「では……」と折れたという次第だ。

断るということが、これほどしんどいものだとは思わなかった。

それまでの私の人生は「モテる」とか「引く手あまた」などといった言葉とは無縁で、むしろこちらから猛烈アタックすることが多かった。だから、モテる人や注目されている人をうっすら妬《ねた》んですらいたのだが、いざ、自分がその身となると、これは案外、面倒だぞ……と。断り方を間違ったら、逆恨《さかうら》みされる可能性もあるし、ずるずると返事を延ばしていたら反感も買うだろう。「モテる」とか「引く手あまた」は、実は、かなりリスキーだし、エネルギーも使う。しかも妬まれることもあるのだろうから、これほどの理不尽はない。

ということで、天海空社のねちっこい情熱に折れる形で会うことにしたのだが、でも、仕事を請ける準備はまだできていなかった。依頼されたらどうやって断ろう……そんなことを考えているうちに、いつものジャーマンアップルパンケーキがやってきたというわけだ。

そして、シロップをかけているところで、

「『まりも日記』、読みましたよ」と言われ、その返事をする間もなく、オバマさんの話になった。というか、なぜ、オバマさんの話？

担当女史の目からは、その意図は汲《く》み取《と》れない。

そして、しばらくはオバマさんの話が続いていたが、

「……実は、うちのマンションでちょっとした事件があったんです」

と、担当女史の顔色が、さぁぁぁと変わった。まるで、下から照明を当てられた怪談師のようだ。

「事件？　なんです？」

「うちのマンションの一室で、腐乱死体がみつかったんです」

「え？」こういう話は嫌いではない。というか大好物だ。私は耳をそばだてた。「腐乱死体？」

「はい、そうなんです。腐乱死体。……その部屋には高齢の父親と中年の息子が2人で暮らしていたんですが。……あ、ちなみに、私は会ったことはありません。あとで、ニュースで知りました」

「お父さんのほうが腐乱死体で？」

「ところが、違うんです。息子のほうなんです。父親が近所のコンビニで職務質問をされて、で、様子がおかしいので警官が自宅まで送っていったらしいんですね。で、息子の腐乱死体を発見した……という経緯で。でも、結局、なぜ死んだのか理由は分からず。なんでも、父親が認知症で、息子が死んだ経緯がまったく分からないっていうんです」

「結構な事件じゃないですか。私、なんで知らなかったんだろう」

この手のニュースは逐一《ちくいち》チェックしている。無論、小説のネタになるからだ。

「ああ、たぶんそれは……当時、芸能人の不倫スキャンダルだ選挙だ汚職だと、なんだかんだと大きなニュースが立て続けにありましたので、扱いは小さかったですからね。それに、もう6年も前の話です」

「6年⁉」

つまり、同じマンションでそんな事件があったというのに6年も住み続けているのか？　私は、少し、体を引いた。この担当女史、なかなかのものかもしれない。

「で、最近になって、ちょっと気になって、『小島サダ』にアクセスしてみたんです」

『小島サダ』とは、例のアレだ。全国の事故物件を地図で示し、その地域のどこに事故物件があるのか一目瞭然《いちもくりょうぜん》で知ることができるという事故物件サイトだ。私も、たびたびお世話になっている。小説のいいネタになるからだ。

「なんで、気になったんですか？」

私の体は、前のめりになった。

「うちのマンションで、孤独死があったんですよ」

「え？」

「しかも、6年前に腐乱死体があった同じ部屋で」

「ひぇっ！」

私は、つい、変な声を上げてしまった。お化け屋敷《やしき》で、不意につまずいたときに出るような声だ。

「もしかして、認知症のお父さんが？」

「いえ、違います。その父親は事件のあと、すぐに引っ越しました。たぶん、施設に入ったんだろうと」

「じゃ……」私は、生唾《なまつば》をごくりと飲み込んだ。「その部屋、事件後に他の誰かが入居したんですか？」

「そういうことになりますね」

「えぇぇぇ」私は、二の腕をさすった。「腐乱死体があった部屋に、よく――」

「そういうの、まったく気にならない人って多いですから。しかも、その部屋の家賃は通常より2割ほど安くなっていましたので、気にならない人にとってはラッキー物件ですよ」

「でも、孤独死したんじゃ、ラッキーもなにも……」

「ですよね？　しかも、孤独死した住人は、50代の女性だったということです」

「……50代の女性？　孤独死というからには、一人暮らし？」

50代女性、一人暮らし。まさに私だ。私は、自分の身と重ね合わせて、寒気を覚えた。

「その人の職業は？」

「さあ、分かりません、そこまでは。……いずれにしても、腐乱死体のあとは孤独死ですよ？　しかも、6年のあいだに。部屋そのものになにかあるのか？　と気になって、例の事故物件サイトにアクセスしてみたというわけなんです」

「そしたら？」

「うちのマンションに、ドクロマークが4つもついてました……」

ドクロというのは、事故物件を示すアイコンだ。大型の集合住宅の場合、下手したら、5つも6つもついている。

「ちなみに、そのマンション、何戸？」

「確か、30戸かな？」

「30戸で、4つもドクロ？」

「そうなんです。しかも、4つともみんな同じフロア。4階なんです」

「腐乱死体と孤独死があった部屋の他にも、同じ階で2件も事件があったということですか？」

「そうなんです。うちのマンションはペンシルマンションなので――」

ペンシルマンションとは、鉛筆のようにひょろりと縦に長いマンションのことだ。主要道路沿いのマンションに多い。

「――1フロア、3戸しかないんですけど。その3戸、すべてにドクロがついていたんです」

「えぇぇ」私は、また、変な声を上げてしまった。これは、好奇心が最高潮に達したときに出る声だ。

「腐乱死体があった部屋にふたつ、そして他の2戸にもそれぞれドクロがついていたんです」

「他の2戸は、どんな事件が？」

「ひとつは自殺、ひとつは孤独死です」

「なるほど。……そのマンションは、一人世帯が多いマンションなんですか？」

「そうですね。ワンルームがメインのマンションですので。でも、ワンフロアにひとつは、2ＤＫの部屋があります。腐乱死体事件と50代の女性が孤独死した部屋がそれです」

「つまり、ファミリータイプ?」

「そうですね。本来はファミリーで住むのを前提としているんでしょうね」

「なるほど……」

「で、その50代女性の孤独死なんですが。不審な点があったようです」

「不審な点?」

「顔の皮が綺麗に剝《は》がれていたんだそうです」

「えぇぇぇぇ!」

またまた、変な声が出てしまった。

私は、アイスティーを引き寄せると、ストローを咥《くわ》え込んだ。そして、アイスティーを一気に吸い込む。

「で、私が気になるのは、鳩《はと》なんです」

は? 私の口からストローがぽろりと外れる。なんで、突然、鳩の話に? 鳩より、顔の皮が剝がれた死体のほうが気になるんだけど。それって、孤独死じゃなくて、猟奇殺人なんでは?

「あるとき、ぼんやりとマンションの外観を眺めていたら、4階のベランダにだけ鳩よけの網がかけられていて。確かに、よくよく見ると、ベランダの手すりとかに鳩の糞《ふん》がべったりと」

だから、私が知りたいのは、鳩のことではなくて……。

「なんで、4階のベランダにだけ鳩の糞が? どうしても気になって、〝鳩〟をキーワードにあれこれ検索してみたら、気になる記事を見つけたんです。鳩は、磁場が狂った場所に引き寄せられるって。だから、鳩の糞が多く見られる場所は、磁場が狂っている場合がある。すなわち、怪現象が起こりやすいって」

「え？　どういうことです？」

　いつのまにか鳩の話に引き込まれていた私は、再び、身を乗り出した。

「だから、４階で事故や事件が多発しているのは、磁場のせいなんじゃないかって。磁場が狂って、住人のメンタルも狂わされたのかもしれないって」

「なるほど――」いやいや、そうではなくて。顔の皮が剝がれていた件。これがどうしても気になる。

「で、オバマさんがどうしてパンケーキを好きなのかなぁ……って。これも気になって調べてみたんですが」

　なんで、またオバマさんの話になっているのだ。

　私は、降参したかのように、乗り出した身を椅子《いす》の背もたれに戻した。そして、アイスティーをストローで無闇《むやみ》に掻《か》き回《まわ》した。

　ああ、なんか、叔母と話しているようだ。叔母も、こうやってどんどん話を脱線させがちだった。しかも一方的に。そして、喋《しゃべ》るだけ喋って、「あたし、もう行かなくちゃ」とやはり一方的に話をカットする。

こういう人には要注意だ。なんだかんだと、いつのまにか主導権を握られてしまう。そして気がつけば、相手の思い通りのことを承諾させられてしまう。

案の定だった。

私は、原稿用紙換算15枚ほどのエッセイを書くことを約束させられた。しかも、締め切りは1週間後。

……なんてことだ。

備忘録／トイレの詰まりとアレの正体　16・06・26 up

「なんてことだ！」

私は、つい叫んでしまった。

トイレが詰まってしまったのだ。

しかも、深夜に。

確かに、普段から流れの悪いトイレではあった。いつかこうなるんじゃないかという予感もあった。だから、アレを買っておかなくちゃな……とも。

そう、ゴム製の例のやつだ。正式な名前は知らない。個人的には「しゅぽしゅぽ」と呼んではいるが。そういえば、母は「すっぽんすっぽん」と呼んでいた。

呼び名など、どうでもいい。目の前の困難をどう処理するかだ。

あ。コンビニ。そういえば、あのコンビニで、しゅぽしゅぽを見かけた気がする。

買いに行くか？

時計を見ると、午前2時過ぎ。丑三《うしみ》つ時《どき》だ。

あれ？　そういえば。今日は、騒音がしない。この時間になると、なにやら騒音が聞こえていたのに。それは選挙カーの連呼のようであり、街宣カーの怒鳴《どな》り声《ごえ》のようであり、ディスコで流れる大音響の音楽のようでもありあるいは、工事現場の騒音のようでもあった。

管理人が犯人を割り出して、静かにさせたのか。

いずれにしても、私の冤罪が晴れたということだ。

やれやれだ。

……なんて安心している場合ではない。トイレだ。このトイレをどうするか？　こんな時間に管理人に連絡はとれないし、連絡がとれたとして、こんな深夜に業者の人を部屋に入れるのは、なにかいやだ。

仕方ない。コンビニに行くか。

……と、財布だけ持って外に出たときだ。

なんとも香ばしい臭いがしてきた。

これは、もしかして……。

私はその臭いを肺の奥まで吸い込むと、それをまじまじと見た。

例のアレだ。石畳の中央、こんもりとした塊が見える。

ということは、この辺に猫がいるはずだ。青い首輪をした、金色の目の、グレーのもふもふが！

ああ、ちゅ～る、持ってくればよかった！　というか、今からでもちゅ～る、持ってこようか？　なんなら、キャットフードも。きっと、ろくなものを食べてないのだろう。だから、あんなに大きなうんちをするのだ。消化吸収されない、例えば穀物とかをたくさん食べているから、あんなでかいうんちを。猫に穀物はむしろ毒だ。猫に必要なのは良質なたんぱく質。今の私の財力なら、１００グラム１０００円以上の鶏肉だって牛肉だってマグロだって買うことができる。……そうそう、昨日、衝動買いした肉が冷蔵庫にある。１００グラム５０００円の松阪牛。

ちょっと、待ってて。今、とってくるから！

と、そのときだった。例の塊の横に、なにかが落ちているのを見つけた。

うん？

白いなにかだ。とても見覚えのあるなにかだ。

あれは……。

ティッシュ⁉

備忘録／鳩の糞　16・06・30 up

そう、例のアレは、ヒトの大便だった。しかも、ティッシュでしっかり拭いていた。

よくよく考えれば、そりゃそうだろうと。

猫だったら、あんな石畳にはしない。だって、ブツを隠す砂や土がない。

ああ、うかつだった。猫のものだとばかり。だから、まじまじと見てしまったし、臭いまで深く吸い込んでしまった。

ああ、トラウマだ。

しかし、なんであんなところで大便を？

騒音といい、便といい、このマンションの住民はいったいなんなんだ。どの部屋も結構なお家賃の、いわゆる「高級マンション」だというのに。どうも住人のモラルに問題がある。前に住んでいた所沢のマンションはいわゆる庶民向けのマンションだったが、こんな変な事件は一度もなかった。

さらに、このマンションはトイレの流れも悪い。

しゅぽしゅぽを買ってきて、なんとか解消したが、それでも、流れが改善したわけではない。

しかもだ。今、私を悩ませているのは、鳩の糞だった。

遡ること、昨日の朝。

徹夜をしてなんとかエッセイを仕上げ、天海空社の担当女史にメールで送った直後のことだった。

目の緊張を和らげようと、視線を窓に向けると、窓になにか白いものがついている。ついているというか、流れている。

はて？ と思い、メガネをして近づいてみると。

「糞？」

そうだ。糞だ。

カラスだろうか、鳩だろうか。いずれにしても、けしからん。と、今度はベランダに視線を移すと、

「ぎょつえぇぇ」

という奇声が喉《のど》の奥から飛び出すほどの、大量の糞。

いつのまに？

確かに、ここ数日、ベランダにはあまり出ることはなかった。仕事に没頭していて、窓を開けて換気することすら忘れていた。

天海空社の担当女史の話を思い出す。

「鳩は、磁場が狂った場所に引き寄せられるって。だから、鳩の糞が多く見られる場所は、磁場が狂っている場合がある。すなわち、怪現象が起こりやすいって」

両腕に、鳥肌が走る。

いやいやいや。鳩じゃなくて、カラスかもしれないし。

私は、カーテンをきっちり閉めると、もう寝ることにした。

備忘録／腐乱死体　16・07・18 up

「……お客さん、あのマンションの住人ですよね？　……大変でしたね」

その夕方、おやつを買いに立ち寄ったコンビニで、見覚えのある店員さんに当たった。いつかの、日本語が流暢な東南アジア系の小柄なお兄さんだ。

「大変って？」訊くと、

「え、ご存知ないんですか？」

「え、なに？」

「あのマンションの１８●●号室で、腐乱死体が発見されたそうですよ」

「え？」１８●●号室って……うちの真上だ。

「今、警察が事件と事故の両方で捜査しているようですが。……でも、病死の可能性が高いだろうって。というのも、トイレで座ったままの状態だったそうです」

「トイレで……座ったまま？」

「はい。用を足しているときに、突然死したんじゃないかって、警察は見ているらしいです。でも、腐敗は結構進んでいたらしく、死後、10日以上は経っているだろう……と」

10日以上私の部屋の真上で腐乱死体が？

猛烈な吐き気を覚え、私はお釣りももらわず、コンビニをあとにした。

備忘録／磁場の歪みと墓地　16・07・22 up

「え、腐乱死体？」

轟《とどろき》書房の担当ちゃんが、眉《まゆ》をひそめた。

私の担当の中では一番の若手で、今年で2年目の新人ちゃんだ。

場所は、言わずもがなの溜池山王にあるホテルのラウンジ。

でも、ここともしばらくはさようならだ。来月、引っ越す予定だ。西新宿のタワーマンションに。

「腐乱死体が原因で、引っ越しされるんですか？」

残酷でグロテスクな小説を書いている割には小心者ですね……と言わんばかりに、担当ちゃんが薄く笑った。

「小説はあんなのを書いているけど、私自身は、そういうの苦手なんですよ」

私は、おどけるように言った。

「ところで、その腐乱死体と大便って、なにか関係があるんでしょうか？」

「え？」

「『ある作家の備忘録』では――」

『ある作家の備忘録』とは、私がこっそりとアップしているブログだ。こっそりとはいっても、鍵はかけてない。だから、閲覧している人はそれなりにいる。私の担当はほとんど閲覧しているだろう。が、あえて、それを口にするものはいない。あれは、あくまで私個人のプライベートな日記だと、みな、理解しているからだ。

でも、若い担当ちゃんは違った。そのブログタイトルを堂々と口にした。しかも、結構大きな声で、

「『ある作家の備忘録』では、マンションの敷地内で人間の大便がちょくちょく目撃されていましたよね」

「ええ、あ、はい」私は、周囲を気にしながら、小さく答えた。

「それと、コンビニの店員さんがマンションの敷地内で見かけた、青い首輪のもふもふの猫」

「結局、私は一度もちゃんと遭遇しませんでしたけど。……コンビニのアルバイト君も、最近は

全然見てないって」

私は、はぁぁと肩を落としながら言った。この話はおしまい……という合図だったが、担当ちゃんはお構いなしに続けた。

「あと、丑三つ時の騒音も気になります。それから、先生のお部屋のトイレが詰まったことも」

「えっと。……なにが言いたいんですか？」

「つまり、これらはすべて関連しているんではないかと」

「関連？　……どんな関連？」

「いえ、それは私には分かりませんが」

「関連なんかありませんよ。あれらはすべて、別々の事柄《ことがら》です。現実は小説とは違うんです。すべてがなにかの伏線で、ラスト、その伏線がみごとに回収される……なんてことはないんです」

そう。現実は小説ではない。大概は、不条理の積み重ね。その不条理になにか意味を見出そうとするのは、人間の悪いクセだ。そう、悪いクセだ。……一瞬でも、青い首輪のもふもふの猫はまりもさんなのでは？　私を探しにやってきたのでは？　と考えた自分が、恥ずかしい。そして、悲しい。

「すべてが別々の事柄だとしたら、かなり、変なマンション……ビルですよね？」

担当ちゃんが、スマートフォンを取り出した。

「もしかして、ビル自体に、なにかあるんじゃないですか？」

そんなことを言われると、気になってきた。私もスマートフォンを取り出すと、例の事故物件サイトにアクセスしてみた。

「え」まず反応したのは、担当ちゃんだった。「ドクロマークが３つも！」

本当だった。あのビルには、すでに３つもドクロマークがついていたのだ。一番新しいのは、私の上の部屋で発見された腐乱死体。

「一番古いのは、竣工《しゅんこう》前みたいですね。……コメントによると、工事中に転落死事件があったようです」

担当ちゃんが、どこか楽しげに言った。「つまり、新築だからといって、安心しちゃいけないってことなんですね」

そして次に古いのは、16階の１６●●号室で、首吊《くびつ》り自殺。……私の部屋のちょうど下じゃないか。知らなかった。……日付を見ると、私がこのマンションに引っ越してきたちょっと前のことだ。入居早々、自殺したらしい。

マジか。

全身が凍《こお》りつくようだった。

私の部屋は角部屋で、ビルの東端にあるのだが、どうもその東端で事件が起きている。

まさか、竣工前の転落死事件も、東の端で起きていた？

私は、地図をまじまじと見つめた。

「あ」

小さく叫んだのは、担当ちゃんだった。

「東側に、……小さな墓地がありますね」

あ。本当だ。ビルとビルの間に挟まれるように小さな墓地。……気がつかなかった。だって、そこはビルの裏側で、わざわざそこに行く用事などなかった。

そうか、あそこ、墓地だったのか……。

「もしかしたら、その辺りの磁場、ちょっと歪んでいるのかもしれませんね」担当ちゃんが、相変わらず楽しげに続けた。「その磁場が人間の精神にも作用しているのかもしれません。だから、そのビルに行くと、無性に用を足したくなったり、騒音を出してみたくなったり、そして、ついには、死にたくなってしまうのかも……」

「…………」

「ほら、全部繋がりました。つまり、元凶はビルそのものだったんですよ。……いいえ、その土地そのものだったんです」

「じゃ、猫は？　青い首輪のもふもふの猫はなんなの？」

「うーん、それは……」担当ちゃんはしばらく言葉を出し惜しみしていたが、「墓地って、猫が集まるっていうじゃないですか」

「え？　……確かに、墓地には猫がいがちだけど」

「鳩もそうなんですが、動物って、磁場がちょっと歪んでいるところに集まりやすいって聞いたことがあります」

「……そうなの？」

「もしかしたら、今のところにいれば、いつかはまりもちゃんに会えるかもしれませんよ？　だから、引っ越しはやめて――」

冗談じゃない。

こんなドクロマークだらけのマンションにこれ以上いられるか。今すぐにでも引っ越したい。

というか、引っ越す。

私は、その場で引っ越し会社に電話すると、引っ越し予定を前倒しできないか、交渉に入った。

閑話

都内某所、猫カフェ。

そのバックヤードでは、総勢三十三匹のニャンキャストが、最高の「可愛い」を目指して、自分磨《みが》きに精を出している。

みんな、元は保護猫だけど、今は飼い猫並みの美しさ。そしてその身のこなしは飼い猫以上！

すべて、寂しい人間のため。

すべて、迷える人間のため。

が、それは表向き。本当の目的は、ちゅ～る《チップ》だ。指名が入れば入るほど、ちゅ～るにありつける。

すべて、美味しいちゅ～るのため。

すべて、大好きなちゅ～るのため。

そんなバックヤードに緊張が走る。

新入りが来たのだ。

青い首輪をした、灰色のもふもふが。

その色、その毛並み、その金色の目。あの子にそっくりじゃない！

そう、不動のナンバーワン、まりも姐《ねえ》さんに！

これは波乱が起こる。間違いなく、事件が起きる。

そして、早速、小さなさざ波が起きた。

バックヤードでテレビを見ているとき。

まりも姐さんと新入りが、同時に「あ」と反応した。

それは、『ドランチ』という番組。なんとかという作家が自宅マンションでインタビューを受けている。

「あ。このマンション、あたいが前に住んでいた場所じゃん」

新入りが、鼻にかけるように言う。

「あ、この人、あたくしの元パートナーよ」

まりも姐さんが自慢げに尻尾《しっぽ》を立てる。

そして、ゆっくりとにらみ合う二匹のもふもふ。

ゔゔゔゔゔゔゔ……

共鳴し合う、ふたつの唸《うな》り声《ごえ》。

……が、すぐに緊張はとける。

まりも姐さんが視線を外し、ふんっと、場所を譲ったからだ。

まりも姐さんは争いが嫌いだ。

いつだって、平和主義。

まりも姐さんは、お気に入りのタワーのてっぺんに場所を移すと、

「ね、ところで。あなた、お名前は？」

「あたいの名前？　……星の数ほどあるよ。だって、いろんな人に、いろんな名前をつけられたもん」青い首輪の新入りは、タワーより高い天井近くの棚に飛び乗ると、まりも姐さんを見下ろすように言った。

まりも姐さんの尻尾がパタパタ激しく上下する。

再び、緊張が走る。

でも、まりも姐さんはいつだって平和主義。挑発にはのらない。尻尾を静かに丸めると、

「じゃ、最初につけられた名前は？」

「ナンシー」

「あら、素敵じゃない」

「そう？　あたいは、あまり好きじゃない。だって、その名前をつけた最初の飼い主は、あたいを捨てやがったんだ」

「じゃ、一番のお気に入りの名前は?」

「モナミ」

「モナミ?」

「フランス語で〝親愛なる人〟って意味だってさ」

「あら、いいじゃない」

「でしょう? あたいの、四番目のパートナーがつけてくれたんだ」

「そのパートナーはどうしているの?」

「………」新入りの髭が、ぴくっと前に向く。

「なにか、訳《わけ》ありって感じね。いいわ、聞いてあげましょう。あなたの猫生《にゃんせい》を。さぁ、どばっと吐き出しなさい。どばぁっと。ここでは、それが新入りの仁義よ」

新入りの耳が、横に倒れる。いわゆるイカ耳だ。が、すぐに観念すると、

「仁義なら、しかたないね。あたい、そういうのはちゃんと守るタイプだからさ。……いいよ。話してあげる。あたいの猫生《にゃんせい》を――」

赤坂に死す

1

「聞いたよ。キャバ嬢に入れあげてんだって？」

会社の休憩室。

同期のヤマザキが、ニヤニヤと馬鹿にするように言った。

「これだから、ボンボンはダメだなぁ」

同期……といっても、ゆくゆくは俺の部下になるやつに、ここまであからさまに言われるとやはりいい気分はしない。本当のことだとしても。

確かに今は、俺もヤマザキと同じただの平社員だ。が、俺は、来年は課長になり、二年後には部長になり、五年後にはなんちゃら取締役《とりしまりやく》になって、十年後にはこの会社の社長になる運命だ。

そう、これは運命なのだ。抗うことはできない。

そう、俺は、生まれてこの方、抗ったことがない。両親いわく、「あなたはほんと、いい子」

「赤ちゃんのときもまったく手がかからなかった」。

なにしろ、イヤイヤ期も第一次反抗期も、第二次反抗期すらなかった。それが、両親の自慢だ。「あの子は、本当に、手がかからない」。

でも、それが褒め言葉だとは思ったことがない。両親が「手がかからない子」と言うたびに、なにか馬鹿にされているような気分になった。

一方、俺とよく比較される母方の従兄《いとこ》のコウジはやんちゃで、赤ちゃんのときも癇癪《かんしゃく》持ちで、一歳にしてリビングの窓をたたき割るという暴挙に出たほどだ。が、それが話題になると、伯母はどこか嬉しそうなのだ。まるで武勇伝を自慢するかのように。事実、伯母のコウジ武勇伝がはじまると、その場は大いに盛り上がり、伯母も場の中心になる。その横で、黙って話を聞くうちの母親なんかは、どこか羨《うらや》ましそうな表情なのだ。で、お決まりの、「うちの子は、まったく手がかからない子で……」と、ばつが悪そうにつぶやく。

もっとも、コウジがやんちゃのまま成長し、ヤクザものになっていたら、伯母だってこんな話はしないだろうし、武勇伝にはならない。武勇伝というのは、その文字通り、「武勇」に長《た》けた人物の話だ。コウジは、高校は九州にある超有名進学校に進み、大学は東京の有名大学、卒業後は、年収が半端《はんぱ》ないといわれる外資系でばりばり働き、今の住まいは渋谷。いわば地元の星で、まさに「武勇」の誉れ高いヒーローだ。

片や俺は、小学校から大学まで、ずっと地元の公立。大学を卒業後は、父が経営する会社に入った。というか、それしか道がなかった。

東京近郊の県ではあるが県の最果てにあるこの地は、まったくもって、田舎だ。就職先などほとんどない。二割が山で、五割が田んぼと畑で、一割が市街地と住宅地と川と沼地で、二割は工業団地。その工業団地だって、働いているのはほとんどが期間工で、正社員の募集など皆無だ。あとは、大型パチンコ店のスタッフか、アウトレットモールのショップ店員。大学生の頃は、ショップ店員のアルバイトをしたこともあるが、まったく性に合わなかった。「らっしゃいませぇぇ」という、あの妙なイントネーションを使いこなすことができず、一週間で辞めた。

こんな俺だから、今更東京に出て就職できるはずもない。なら、あとは農協か市役所か……と、公務員試験の準備もしていたのだが、父が大の公務員嫌いで、「汚職まみれの人生を送りたいのか！」と叱られた。公務員イコール汚職……という短絡的なイメージもどうかと思うが、談合を日常的にやらされている父からしてみれば、公務員は悪の権化なのだろう。

そう、父の会社は建設業だ。地元では割と歴史が長い。その分、いろんな「汚職」に巻き込まれても来た。談合疑惑で警察に任意同行されること数回、選挙違反でも警察のお世話になっている。もっとも、選挙違反は父だけではなく、この辺一帯の人たちは、選挙になるとなんだかんだで警察にしょっぴかれている。選挙に付随する恒例行事のようなものだ。父は言う。「お願いするのに、手ぶらでいけるかよ！　今の法律は、人の心が感じられない！」

そう、これが田舎の実態だ。良い意味でも悪い意味でも、おおらかで、人間関係が濃厚なのだ。

俺は、ここを出たことはないし、これからも出ることはないのだろう。ゆくゆくはこの会社をついで、父のように談合か選挙で、警察のお世話になる運命なのだ。口下手な俺のことだから、父のようにのらりくらりと警察の追及をかわし、しれっと釈放される自信がない。むしろ、警察の手を煩わせないために、警察に都合のいい自供をして、起訴され、裁判にかけられ、実刑を食らい、刑務所にぶち込まれるのだろう。

……ああ、なんていう、運命なのだ！

一度、母に相談したことがある。笑い飛ばされた。

「何言ってんのよ。そんなことになるはずないでしょう。だって、お父さん、一度も起訴されたことないじゃない。大丈夫よ、いざとなったら、政治家先生にお願いするだけだから。そのために、毎回、選挙のお手伝いしているんだからね」

母も母で、悪い意味でおおらかだ。マルチ商法にハマっている母は、近所の高齢者にかたっぱしから鍋と水を売っている。あきらかに違法な手口で。なのに、それが悪いことだと、ひとつも思っていない。むしろ、いいことをしていると信じている。

そう、母はある意味で、ひどくお節介なのだ。

「……そんなことより、あんた、息抜きが必要かもね。ちょっと、最近、元気がないもの」

母はいつでも有言実行だ。翌週には、例のコウジから連絡がきた。

「叔母さんからきいたよ。最近、ブルーなんだって？」

答えずにいると、

「よし。近いうちに上京しないか？　いいところ、連れて行ってやるよ」

断る理由も見つからなかったので、俺は、コウジの誘いにのりその週末に上京した。

コウジは、会うたびに垢抜《あかぬ》けた感じがする。垢が抜けすぎて、もはや別人だ。そのときも、一瞬、分からなかった。自宅もすごかった。渋谷駅から徒歩数分のタワーマンション。その最上階に住んでいた。

いったい、家賃、どのぐらいなんだ？　十万円はいっているかな？　十万円あれば、地元では百坪の庭付き一戸建てが借りられる。

「十万円？　それっぽっちじゃ、このあたりでは、ワンルームも難しいよ」

コウジが、笑い飛ばす。「ちなみに、ここの家賃は、三十五万円」

三十五万円！

そんなに高くて、この程度なのか？

確かに、その部屋はいちいちとおしゃれだった。ハイサッシのはめ殺しの窓に、今風のアイランドキッチン。眺めもよかった。東京タワーがみえる。

でも、そんなには広くない。五十平米あるかないかだ。うちの居間のほうがよほど広い。しかも、うちは高台に建っているので、一階の居間からも、どわーっと抜けた景色がのぞめる。富士山も丸見えだ。

一方、この部屋は……。

これで、三十五万円か……。俺の月給より多いんだ……。東京って、すげーな！　いろんな意味で。

「でも、叔父さんは、もっと凄いところを借りているじゃん」

「え？　俺のおやじのこと？」

「そう。紀尾井町に七十万円の部屋、借りてるじゃん」

……いや、聞いたことがない。

「え？　知らないの？　……まあ、そうか。愛人を囲っている部屋だからな……」

……愛人？

「まさかと思うけど、それも知らなかったの？　嘘だろう？」

っていうか、なんでコウジが知ってんだよ。

「俺だけじゃなくて、みんな知っているよ、親戚一同。叔母さんだって、知っているよ。というか、俺は叔母さんに教えてもらった」

……お母さんが？

「まあ、いわゆる、本妻公認のおめかけさんってことだな」

「公認！」

思わず、とてつもない声が出てしまった。

「おい、大きな声を出すなよ。ここ、案外、壁薄いんだよ。一度、隣の人が怒鳴り込んできた」

「三十五万円もする部屋なのに、壁が薄いのか？」

「おまえ、建築屋のくせに、そんなことも知らないのかよ。高層であればあるほど、軽くて薄い壁を使用しているんだよ。いわゆる乾式壁をさ」

……ああ、確かに、聞いたことはある。憧《あこが》れのタワーマンションに住んだはいいが、隣のくしゃみまで聞こえてきて、騒音地獄だと。

……って、壁の薄さなんて、この際関係ない。おやじの件だ。おやじ、家賃七十万円の部屋に、愛人を囲っているって？

「お決まりのキャバ嬢だ。……銀座で働いている」

「銀座……」

「銀座の割にはちょっとくだけたキャバクラがあって、田舎もんにちょうどいい店なんだ。キャストも、上京組の田舎もんばかり。で、そこのキャストのひとりに入れあげて、部屋を借りてやったらしい」

「コウジも、そのキャバクラに行ったことあるのか？」

「うん、もちろん。叔父さんに連れて行ってもらった」

まじか……。俺が、地元のスナックに行っただけでも「悪い虫がつくから、ああいうところには行くな」と煩いおやじなのに……。

「おまえは、箱入り息子だからな。叔父さん、おまえには期待しているんだよ。会社をついで、ゆくゆくは政界に進出してほしいって」

「は？」

「政界に進出するには、スキャンダルがあってはいけない。だから、おまえを大切に大切に育ててきた。悪い虫がつかないように」

「は？」

「叔父さん、昔、町議会議員選挙に出たことがあって、でも、いきつけのスナックのママに悪い噂《うわさ》流されて、あっけなく落選しているんだよ。それが、トラウマなのかもな……」

って、なんの話をしているんだ？

「まあ、俺たちが生まれる前の話だから、おまえが知らなくても当然なんだが」

なら、なんで、コウジが知っているんだよ？

「叔母さんから聞いた」

なんだか、自分だけをのけ者にして地球が回っているような気がして、俺は軽いめまいを覚えた。……これが、疎外感というやつか？

なのに、コウジは言った。

「しかし、なんだ。おまえが羨ましいよ」

「なんで？」

「あんな立派な家があって。あんな立派な会社があって。そして、ゆくゆくは、その会社はおまえがつぐ。なんの苦労もなんの努力もせずにさ、年商百億円の会社が自分のものになるんだ。

……ほんと、羨ましいよ」

俺こそ、コウジが羨ましい。東京のど真ん中、自分だけの力量で家賃三十五万円の部屋に住み、そしてキャバクラにも自由に行ける、おまえが。

「なら、行ってみるか？」

「え？」

「キャバクラに」

「なるほど、そういう経緯で、キャバクラに行ったんだ」

ヤマザキが、目を爛々《らんらん》とさせながら身を乗り出してきた。

「で、どうだった？　はじめてのキャバクラは？」

どうって。……正直、どうってことはなかった。いろんな香水が入り交じる、魔窟《まくつ》のような場所だった。実際、魔窟なんだろうな……。あそこでいろんな男の人生が狂わされて、中には破滅する者もいる。俺は、ごめんだ。

「またまた、そんなことを言って。本当は、羽目を外したんだろう？　聞いたよ、うちの経理から。二百万円を超える請求書が銀座のキャバクラから届いて、目ん玉が飛び出したって」

ああ、その件なら、母親からこっぴどく叱られた。でも、そのお金を使ったのは、ほとんどコウジだ。俺は、ビールを三杯しか飲んでいない。あと、フルーツの盛り合わせのリンゴをひとつ、かじったぐらいだ。一方、コウジはシャンパンタワーとやらを頼み、女の子のいいなりになって高そうなボトルもいくつか注文した。そして、お会計の段になって、俺をひっぱりだした。そして、言った。

「こいつの会社にツケといて」

結局、俺は、コウジの金づるだったんだ。

「でも、なんだかんだ、いい思いしたんだろう?」

いい思い?

「アフターだよ、アフター」

ああ、確かに、アフターってやらに誘われた。

ずっと俺につきまとっていたキャバ嬢。名前はなんといったか。香水のきつい女だった。正直にいえば、あまり好みではなかった。ただ、やたらと豊満な体をしていて、ついつい、胸元に視線がいってしまった。だって、本当にすごかったんだ。昔可愛がっていた牧場の牛を思い出してしまって、まるでホルスタインだな……と、なんとなく見惚《みと》れてしまった。それがいけなかったのか、その牛女は俺にターゲットを絞ってきた。

「ねぇ、あたし、美味しいお寿司《すし》が食べたいぃぃぃ」

と、俺を無理矢理タクシーに押し込んだ。

コウジはコウジで、他の子と別のタクシーに乗り込んでいた。

おいおい、コウジ、どこに行くんだよ……。おまえがいなかったら、俺、今夜はどこに泊まるんだよ……。などとぼやいているうちにも、タクシーは走り出す。

で、そのあと赤坂の寿司屋にいって、そこには三十分もいなかったのに五万円近くとられて、いったいぜんたい、東京の物価はどうなっているんだ？　と啞然としていると、「ね、もう一軒、つきあって」と、牛女が俺の腕に自身の腕を絡めてきた。こうなったら、捕獲された宇宙人だ。抗ってもしかたない……と、女に従っていたら、いつのまにか、古い雑居ビルの前に連れてこられていた。色とりどりの看板の中に、「カフェ」という文字が見える。

「ここのカフェ、来てみたかったんだ！」牛女が、その看板を指差して声のトーンを上げた。

「ね、入ってみようよ！」

牛女が、俺の腕をもぎ取るような勢いで、ひっぱる。

「いや、でも」俺は、足が竦んでしまった。

だって、ただのカフェじゃない。「猫カフェ」だ。

話には聞いていたが、本当にあるんだ……と、俺の足は、感動で震えていた。

というのも、俺も、一度、猫カフェに来てみたかったからだ。

「あれ？　猫、好きなんだ？」

ヤマザキが、話の腰を折った。

「まあ、嫌いじゃないかな……」

「へー、意外」

「なんで？」

「だって、あんなに大きな家に住んでいるのに、猫とか犬とか、飼ってないじゃん。だから、嫌いなんだとばかり」

「母親が、猫アレルギーなんだよ。さらに、父親が犬嫌い。小さい頃、犬に嚙まれたらしい」

「で、おまえは？」

「え？　……動物は好きだ。特に、猫」

「じゃ、もしかして、本当は猫を飼いたいのに、両親の反対があるから飼えない口？」

「まあ、そんなところかな……」

「おれも、両親が動物嫌いで、一度も飼ったことないよ。というか、おれ自身も苦手だから、別に飼いたいと思ったことはないから問題ないけど。でも、姉ちゃんが大の動物好きで。トリマーになるんだって、家出しちゃった」

「家出？」

「どこにいるかは分かっているんで、家出とはちょっと違うんだけど。……今は、保護猫とかを引き取って、幸せに暮らしているみたい」

「へー、いいなぁ」

「いい？　まさか！　だって、三十後半になろうっていうのに、結婚もしないで、ペットと暮らしてんだよ？　ＳＮＳだって、ペットの画像ばかり。男の気配なんて一ミリもない。せっかくの休日も、ずっとペットと戯れてんだよ。そんな人生、どうかと思うな、おれは」

「でも、それで幸せなら、いいんじゃない？」

「そうかな……」

ヤマザキが、納得がいかないという表情で、ペットボトルの茶を飲んだ。

「で、猫カフェに入って、それからどうしたんだ？」


猫カフェというよりは、なんだかラブホテルのカウンターのようだった。

もしかして、「猫カフェ」というのは表向きで、本当はラブホテルなんじゃないか？　どうしよう、このまま、この牛女と泊まることになったら。全然好みじゃない、むしろ苦手なタイプだ、こんな女と同じベッドに入ったとしても、俺のイチモツはなんの役にも立たないだろう。なのに、なんだかんだいちゃもんをつけられて、「レイプしたわね！　訴えてやる！」なんて、脅かされるに違いない。そんな美人局《つつもたせ》が出てくる二時間ドラマを見たばかりだ。

戦《おのの》く俺を尻目に、女が、カウンターに置かれたメニューのようなものを捲っていく。

……なんだか、裁判所の傍聴リストのようだ。自慢じゃないが、俺の趣味は、裁判傍聴だ。高校生の頃から通っている。……って、仕方ないじゃないか！　あんな田舎には、そんなことぐらいしか娯楽がない。娯楽なんていったら不謹慎かもしれないが、俺にとっては、唯一の暇つぶしなんだ。

そんなことを思いながら、牛女が捲るメニューを覗き込んでいると、

「猫カフェといっても、ここはショップも兼ねていますので、お気に召した子がいましたら、お譲りすることもできます」

忍者のように気配もなく現れた初老の女が、手をもみながら言った。まるで砂かけババァだ。

「ええ！　つまり、購入することができるってこと？」牛女が声を上げた。「欲しい！　猫ちゃん、欲しい！」

牛女が、おもちゃ屋でだだをこねる糞《くそ》ガキのように、何度も繰り返す。

「欲しい！」

ここまで連呼されたら、

「どれが欲しいの？」と訊いてしまうのが人間ってものだ。

「え！　買ってくれるの？」

……いや、それは……。

「買ってお上げなさいな、お客さん」

砂かけババァが、女衒《ぜげん》の目つきで言った。

「人助け、いや、猫助けのつもりで」

「猫助け？」

「ここにいるのは、訳ありな子ばかりなんですよぉ」

同情を買おうとでもいうのか、目尻をわざとらしく押さえながら、砂かけババァは言った。

が、その唇はどこか笑っている気もする。

「訳ありといいますと？」

俺は、うぶな田舎青年のように、うつむき加減で訊いた。

「まあ、いろいろと」

まさに、海千山千の女衒だ。はぐらかすのがうまい。

「……で、どの子にいたしますか？」

砂かけババァが、きれいにアートされた爪をこれ見よがしにこちらに向けながら、メニューの表紙を捲った。

メニューには、顔写真とプロフィール。

「この子なんか、どうですか？」砂かけババァがアートされた爪をさらに誇示しながら、顔写真にそっと指を置いた。

「少々、歳はいっていますが、その分、酸いも甘いも噛み分けて、サービスも満点でございます。とっても扱いやすいですよ」

確かに、その顔はどこかどっしりしていて、ちょっとやそっとのことでは動じない貫禄《かんろく》が見える。でも……。

「なら、この子はどうでしょう？　先月きたばかりの新人です。モナミちゃんっていいます。この子も歳は少々いっていますが、美人さんでしょう？　引っ込み思案なところがあって人見知りもしますが、でも、自分の好みに調教するなら、こういう子が一番です。おすすめです」

調教……。

「あたし、この子がいい！」

牛女が、その顔写真を指さした。

「ね、あたし、モナミちゃんがいい！　お願い、この子、買って！」

「買ってやったんだ……」

ヤマザキが、呆れかえっているような、または面白がっているような表情で、言った。

「で、いくら？」

「八十万円」

「八十万円!?」

「これでも、値切ってもらったんだよ」

「いやいや、八十万円って」

「会社のお金じゃないよ。ちゃんと自分のクレジットカードで買ったよ」

「いやいや、八十万円って……」

「だって、絶対、可愛がるからって、あのキャバ嬢が言うから、つい」

本当の理由は、そうではない。その猫が、あのときの子とどこか似てたからだ。

「あのときの子？」

「二年前、大学四年生のときに、なんだか色々と嫌になって、家出したことがあるんだよ」

「家出？」

「といっても、熱海にある親戚の別荘なんだけど。夏休みの間、間借りしていた」

「それって、家出っていうのかな……」

「俺にとっては、家出同然だったんだよ。なにしろ、あんなに長く、親元を離れたのは初めてだったし。……あのとき、俺は、死ぬ気だったんだ。ほら、熱海には自殺の名所があるじゃん」

「錦《にしき》ヶ《が》浦《うら》とか？」

「そう」

「そんなに思い詰めていたのか？」

「まあね、色々と……。こう見えて、俺、敏感なんだよ」

親は、俺には反抗期などないと思っているようだが、実際は、俺の中身は反抗の嵐《あらし》だった。父親はしょっちゅう警察に呼ばれているし、そのせいで友人からはハブられるし、好きだった女の子からも無視されるし、それがショックで成績は落ちる一方だし、それが理由で母親から毎日のように小言を聞かされるし。その母親は、怪しげな商売をはじめてそれに熱中していた。俺の友人の親に怪しい水を売りつけて、破産寸前まで追い込む始末。俺が、友人たちからハブられたのは、それも理由だ。

とにかく、なにもかもが嫌になった。生きるのが面倒になっていた。

でも、訪れた錦ヶ浦は自殺の名所というイメージからはほど遠く、ただの景勝地だった。観光客もうじょうじょいて、自殺なんてするような雰囲気は少しもなかった。仮に身を投げたとしても、すぐに救助されてしまうだろう。

でも、俺は諦めなかった。どうやって死のうかと、死に場所を求めて夜の熱海の街をふらついた。地元のヤンキーに絡まれてボコボコにされれば、そのどさくさで死ねるかもしれない……などと、ヤンキーが集まりそうな暗がりものぞいてみたが、ヤンキーなどどこにもいなかった。ヤクザもいなかった。親戚の話だと、昔はわんさかいたらしいが今はかなり浄化が進んで、そういう輩《やから》は一掃されたらしい。それでも、一人ぐらいは……と、歩いているうちに、人が一人ようやく歩けるような狭い路地裏に迷い込んでしまった。

そのときだった。

なにか、気配がした。見ると、火の玉のようなものがふたつ、浮かんでいる。

もしかしたら、ここは黄泉《よみ》の国か？　俺は念願叶《かな》って死んだのか？　と喜んだのもつかのま、その火の玉はふぅぅと消えた。

なんだ、気のせいか。と思った瞬間、また、火の玉が二つ！

俺は、いつのまにか、それを追いかけていた。

きっと、あれは、黄泉の国の使いに違いない。あれについていったら、俺はあの世にいける！

……今思うと、俺は完全に病んでいたんだと思う。あの世に強い憧憬を抱いていたというか。

まあ、それだけ、現実逃避したかったのだろう。

で、その火の玉を追いかけて、追いかけて。

街灯輝く車道に出たとき、その火の玉が正体を現した。

シルバーがかったグレーの毛皮をまとった、金色の目を持つ、可愛いらしい猫だった。

顔はほっそりとしているのに、そのきらきらしたグレーの毛は綿菓子のようで。俺は、一瞬にして心を鷲摑《わしづか》みにされた。

触ってみたい！

あのもふもふに触ってみたい！

でも、その子は、すぅぅといなくなってしまった。

それからというもの、俺は、もふもふの虜になってしまった。

触ってみたい、触ってみたい。

そもそも、俺は猫好きなんだ。母親に遠慮して、そのことはおくびにも出さなかったが、極度の猫好きなんだ。隠れて猫動画を見て興奮していたほどだ。

そんな猫に対する欲望が、あのグレーのもふもふちゃんに出会ったときに、爆発した。

寝ても覚めても、あのもふもふちゃんが頭から離れなかった。

自殺願望など、いつのまにか消えていた。

俺は、気がつけば、熱海の街を徘徊《はいかい》していた。ちゅ〜るを懐に忍ばせて。

当時、発売されたばかりのちゅ〜るが、猫好きの中ではかなり話題になっていたことは知っていたからね。

ちゅ〜るがあれば、どんな猫とも仲良くなれる。そんなネットの書き込みもたくさん見てきた。ちゅ〜るを手ずから猫ちゃんに与えている動画もたくさん見た。あれを、やってみたい！

そして、あわよくば、もふもふに触りたい！

取り付かれたように、俺は熱海の街を歩き回った。日も明けぬうちから、深夜まで。

俺を預かっている親戚のおばさんも、さすがにやばいと思ったのだろう。俺だって、そんなやつが近くにいたら、やばいと思う。なにしろ、一日中、ぶつぶつ言いながら、ふらふらと歩き回っているんだからね。おばさんは、親に連絡した。親はすぐにやってきた。俺を連れ戻すために。

でも俺は、親の目を盗んで街に出た。あの、もふもふちゃんを追うために。

もふもふちゃんは、まるで俺をからかうように、俺の数歩前をいつでも歩いている。そして、誘っている。なのに、絶対、触らせてくれないんだ。ちゅ〜るには興味を示してくれたが、絶対に、触らせてくれないんだ！　俺の前で、おなかを見せたり、毛繕《けづくろ》いすらするのに、お触りだけは、拒絶。……ああ、なんて気高い猫ちゃん。

一度でいい。一度だけ、どうか、そのもふもふに触る権利を、このわたくしめにお与えください！

そんな悲痛な願いをちゅ～るに託し、俺は、もふもふちゃんが根城にしている海岸通りにやってきた。

お宮の松があるあたりだ。

もふもふちゃんは、いた。いつものところに。松の陰に。

俺のことに気がついているはずなのに、知らんぷり。俺の目の前で、あらぬ姿で毛繕いをはじめる。

俺は、それを眺め続けた。

俺は、このまま松の一部になってしまいたいとすら思った。

そしたら、もふもふちゃんに、体をすりすりしてもらえるからだ。

もふもふちゃんにすりすりしてもらえるなら、俺は、松にだって、ベンチの脚にだって、そこらの石ころにだってなりたい。

とにかく、このままずっと、もふもふちゃんのそばにいたい。

ああ、もふもふちゃん、もふもふちゃん、………。

俺は、そんな甘美な妄想の中、徐々に意識を失って……。

「って、なんだ、それ。まじ、ひくわ――」

ヤマザキが、顔中を引きつらせながら、怪訝な目つきでこちらを見ている。

俺は、はっと、現実に引き戻された。

「まあ、……今の話は聞かなかったことにして」

「今更、無理だよ。今の話、死ぬまで忘れられないよ、強烈すぎて。……っていうか、なんで意識を失ったの？」

「何日も何日も、一日中歩き回っていたせいで、夏風邪をひいていていたんだよ。その日も高熱があって。で、お宮の松のベンチで、気を失った。観光客に発見されて救急車で運ばれて。気がついたら、病院のベッドの上」

「なるほど。……うん？　ちょっと待って。その話、なにかと似ているな……。えっと、なんだっけ……。ああ、そうだそうだ。姉ちゃんの部屋にあった小説――」ヤマザキの独り言がはじまった。これがはじまると長いんだ。「――いつだったか、姉ちゃんが家出したあと見つけた文庫本なんだけど、外国の小説で……ページ数は少ないんだけど、めちゃ難しくて、なかなか読み進められなくて、でも、姉ちゃんが読んでいるのに自分が読めないっていうのはなんか悔しくて、で、一週間以上かかって読破して。……なんか、その小説と似ているな……。なんだっけかな……。えっと……」

　ヤマザキが身をよじって記憶をたどっているのを横目に、俺は話を進めた。

「そのもふもふちゃんが、モナミちゃんだと、俺は確信した」

　話を進めすぎたのか、ヤマザキが豆鉄砲をくった鳩のように、目を丸くする。「へ？」

「だから、赤坂の怪しいビルの中に入っていた猫カフェのキャストの、モナミちゃんだよ」

「ああ、はいはい」ヤマザキの頭がようやく話の流れに追いついたようだ。「八十万円で、牛のようなキャバ嬢に買ってやった猫だな」

「そう。そのときは酒も入っていたし、牛女の迫力にあてられて頭がぼぉぉっとしていたから確信は得られなかったんだけど。似ているな……というだけで。でも、見ているうちに、確信へと変わった」

「見ているうちに？」

「画像を撮っておいたんだよ。これだよ、これ」

　俺は、百点満点の答案用紙を親に自慢する子供のように、スマートフォンの画面をヤマザキに向けた。そこには、牛女に隠れて撮った、モナミちゃんのおしり。本当は正面からも撮りたかったけれど、仕方ない、牛女に邪魔されて、なかなかベストショットが撮れなかった。

「待ち受け画面にしているのかよ。……って、これじゃ、わかんないよ、なに、これ？」

　ヤマザキが、またドン引きする。

「可愛いだろう？　このもふもふ。そしてふさふさの尻尾。……そう、この尻尾がキモだ。この尻尾、よくよく見ると先端が少し色が濃いんだよ」

「ええ？　そうか？　よくわかんないよ」

「ほら。これだよ、これ」

俺は、当該部分を最大限にアップにしてみせた。「な、ここのところ、少しだけ色が濃いだろう？」

「影じゃないか？」

「はじめは俺もそう思ったけど、違う。そういう模様なんだよ。そ、熱海のもふもふちゃんと同じだ」

「…………」

「なんていう、運命の出会い！　こうなると、あそこに連れて行ってくれた牛女に感謝するしかない」

「いや、ちょっと、待て。だとしても、なんで、熱海にいた野良猫が赤坂の猫カフェに？」

「それは、よくわからない。……運命としか」

「運命って……。でも、その猫は、牛女に買ってやったんでしょう？　牛女が連れていったんでしょう？」

「そうなんだ。……それが問題なんだよな……」

「で？　おまえはなにがしたいんだ？　おれをここに呼び出して、しかもこんな話をするからには、おれをなにかに巻き込むつもりなんだろう？」

「あたり。牛女が働く店に一緒にいってほしい。で、牛女に直談判《じかだんぱん》して、もふもふちゃんを譲ってもらおうと思う。なんなら、お金を出してもいい。でも、そんなこと、俺一人では無理だ。だから、一緒に行ってくれないか？　おまえのような、口八丁手八丁の助けが必要なんだよ」

「口八丁手八丁……て」

「おまえは、優秀な営業マンだ。いつかこの会社を背負っていく人材だ。そんなおまえの才能を、俺に貸してほしい。なんとか、もふもふちゃんを取り戻してほしいんだ」

2

そんなことをお願いされたのは、二年前だ。

キャバ嬢に買ってやったものを取り返すだなんて、そんな前代未聞なこと、さすがのおれも無理筋だな……と戸惑った。

が、カイドウ一族は、地元では一、二を争う華麗なる一族。その御曹司に頭を下げられたら、断るわけにはいかない。

それに、ここで貸しを作っておけば、おれの人生も安泰だ……という下心もあった。

が、失敗したら、失脚する恐れもある。だからおれは、下調べを念入りに行った。

まずは、猫カフェを特定することからはじめた。なにしろ、御曹司は、その猫カフェの場所を正確には覚えていなくて、領収書ももらわなかったらしい。支払いに利用したクレジットカード会社に連絡して店の名前を調べようとも思ったが、さすがにそこまですることはないだろう。今はネットの時代だ。すぐに見つかるはずだ。

御曹司の記憶では、赤坂《あかさか》見《み》附《つけ》駅《えき》から近くて、某テレビ局のロゴもちらりと見えて、大通りから路地に入って、さらに裏路地に入り、小さな墓地を横切ったところにある、古い雑居ビルの地下だという。

その記憶に当てはまる地域をネットのマップで絞った。ここまで絞れば、あとは簡単だ。そのあたりの住所を手がかりに、「猫カフェ」で検索。

……が、簡単には見つからなかった。

あれこれ検索ワードを入力して試してみるも、ヒットしない。そして、検索しはじめて二日目。ようやく、それらしき店がヒットした。それは、悪名高い匿名掲示板。その書き込みを見て、おれは「えぐいな……」と、つい、声を上げてしまった。

というのも、ヒットしたその店は、いわゆるキャバ嬢御用達《ごようたし》のペットショップだったからだ。財布の紐《ひも》が緩そうな馬鹿な客に、ただ同然の保護猫を高額で買わせる。が、キャバ嬢は実際には猫を飼わず、そのままお店に置いたまま。つまり、商品である猫のやりとりの実態はなく、金だけが動く仕組みだ。中には、一匹で十人以上の飼い主がいる猫もいた。……客の懐具合によって、十万円から八十万円で猫を売っていたようだが、その真ん中をとって四十万円だとしても、一匹で四百万円を荒稼ぎしていたことになる。いうまでもなく、キャバ嬢もグルだ。店に支払われるお金の何割かをキックバックしてもらっているらしい。

詐欺《さぎ》行為ではあるが、法的にはすれすれの、限りなく黒に近いグレーな商売だ。

キャバ嬢周辺には、いろんな阿漕《あこぎ》な商売があると聞くが、まさか、ペットまでこんな形で利用されているなんて。

「なかなか、やるな」

おれは、感心してしまった。

キャバ嬢と客の関係なんて、所詮はその場限りの虚構だ。よって、客は、キャバ嬢のプライバシーまで踏み込むことはない。だから、猫を買ってやっても、その後の状態を確認するすべがない。そこをついた商売だ。それだけじゃない。客が猫のことを聞いてきたときのために、店側は猫の近況を画像でキャバ嬢に提供しているという。キャバ嬢は、その画像を客に見せて、「猫ちゃん、元気にしているよー」と言えばいいだけだ。なんて行き届いたサービス！

この手口、うちの会社でも活かせないかな……なんて考えてしまうほどだ。

いずれにしても、これは好機だとおれは思った。そういうことなら、〝もふもふちゃん〟は、今、その店にいるはずだから。

そのことを御曹司に言うと、「なら、早速、明日にでもその店に行こう！」

が、ここで運命は大きくうねった。

その日、御曹司の父親が逮捕されたのだ。いつものことだろうと、社員も家族もタカを括《くく》っていたが、いつものことでは済まなかった。なにしろ、今回の相手は特捜部。地元の警察とは本気度も深刻さも違う。

しかも父親だけで収まらなかった。その妻と、そして御曹司にまで特捜部の魔の手が。

どんな頑丈な城も、どんなに歴史の長い大木も、その最期はあっけないものだ。

カイドウ一族は、あっというまに崩壊した。

そしておれは、遭難しかけた船から一目散に逃げ出すネズミのごとく、その日のうちに会社を辞め、そしてその地を去った。特捜部の魔の手が、御曹司の側近であったおれのところにも伸びてきたからだ。

着の身着のまま上京したおれを助けてくれたのが、御曹司の従兄の、コウジさんだ。

コウジさんは、中学校時代の先輩でもある。昔から可愛がってくれた。

「おまえはできるやつだ。俺の仕事を手伝わないか？」

そして、おれは、コウジさんの右腕になった。

コウジさんはいわゆる情報商材屋で、おれはその片棒を担いだのだった。

そう、「一万円の元手で、一億円を確実に儲《もう》ける方法」とか「月に百万円の副収入を得るためのＳＮＳ活用法」とか「確実に宝くじに当たる裏技」とか、そういう儲け話のノウハウをマニュアルやツールにし、一本数十万円から百万円で売る、詐欺まがいの商法だ。はじめは、こんなものを百万円で買うバカ、いるのか？　と思ったが、いるのだ。うようよ、いるのだ！　世の中は、バカばっかりだ！

コウジさんは、大学時代の合コンサークルで培った人脈をもとに、かなり手を広げていた。右腕となった俺の懐にもおもしろいようにお金が吸い込まれていく。

気がつけば、おれは、赤坂の一等地に建つ、高級マンションに住む身分だ。

しかも、高層階。リビングのはめ殺しのハイサッシからは、赤坂御用地の森、そして寝室からは国会議事堂が見える。権威の象徴であるこれらを、おれは毎日見下ろしているのだ。

まさに、てっぺんだ。世界のてっぺんだ！

おれは、万能感にあふれていた。

神にもなった気分でいた。

そんなおれの高揚感《こうようかん》に、水を差す出来事があったのは、この六月のことだ。

トイレが詰まったのだ。

なんてことだ！　家賃四十万円もする部屋なのに！　確かに、ここのトイレは前々から流れが変だった。でも、高級仕様のトイレとはこういうものなんだろう……と無視していたのだが。

とうとう、詰まってしまった。

朝、大便をしたときだ。

ブツがまったく流れてくれない。

まあ、ほっておけば、そのうち流れるだろう。そう楽観視したおれは、そのまま仕事にでかけ、そして酒を飲んで深夜二時に帰宅。

トイレは詰まったままだった。

ブツが朝のまんまの形で便器の真ん中に鎮座《ちんざ》している。

まったく、なんなんだ、この部屋は！　家賃四十万円もするのに、ベランダは鳩の糞だらけだし！　どこからともなく騒音が聞こえてくるし！　挙げ句、トイレ詰まりかよ！

ちきしょう！

そのとき、おれは酔っていた。

だから、深い考えもなしに、そのまま水洗ボタンを押してしまった。

そして、大惨事が起きた。トイレが逆流をはじめ、便器の中にみるみる水がたまり、そしてあっというまにあふれ、それはトイレを超えて、リビングまで流れ出した。

大便とともに！

なんてことだ！　昔住んでいた家賃四万円の部屋だって、こんなこと、起きたことがない！

どうすれば、どうすれば？

おれは、興奮したりパニクったりすると、腸の蠕動《ぜんどう》運動が活発になる傾向にある。

そう、おれは、猛烈な便意を覚えた。

でも、トイレはご覧の通りの惨状。使うことなどできない。

……あ、コンビニ。近くに、コンビニがあった。コンビニでトイレを借りよう。ついでに、トイレの詰まりをなおすアレも買っておこう。アレだよ、アレ。名前はよく分からないけど、ラッパの形をしたゴム製のやつ！　すっぽんすっぽんだ！

おれは、財布と鍵だけをもって、部屋を飛び出した。

幸い、エレベーターはすぐにきた。が、乗っているうちに、またまた激しい蠕動運動が！　だめだ、だめだ、ここではだめだ！　頑張れ、頑張れ、おれの腸！

おれは、エレベーターの中で体をよじりながら耐えた。たかが数十秒のことだが、あれほど時間が長く感じられたことはない。

ようやく一階に到着。

が、おれは、もはや、まともに歩くことすらできなかった。

肛門《こうもん》の筋肉が緩まないように右手で尻を押さえ、左手で股《また》を支えながら、そろそろと、しかしなるべく速く、巣に戻る南極のペンギンのごとくひたすらに、おれはコンビニを目指した。

コンビニのネオンボードが見える。

あと、少し、あと少し！

が、限界がきたのは、そのときだった。

エントランスを出て、アプローチに差し掛かった時だ。

だめだ、だめだ、だめだ!

出る、出る、出る!

おれは、その瞬間、ありとあらゆる選択肢を、スーパーコンピューター並みに処理した。そして、出した答えが、

「ここで、するしかない!」

幸い、深夜二時過ぎ。人通りは皆無だった。車だって通っていない。都心とはいえ、ここは深夜になるとまるで無人駅のような静けさが覆う。つまり、街全体が巨大なトイレのようなものだった。そうだ。人が見ていなければ、どこでもトイレなのだ。古代、人は野で糞をひねり出していた。鳥を見てみろ、人がいようがいまいが、真っ昼間から糞をそこらじゅうにひねり出しているじゃないか。そうだ、これは、自然なことなのだ。便意を覚えたら、その場でする。……そうだ、これは自然なことなのだ!

でも、紙がないぞ。どうやって拭くんだ? 大丈夫だ。幸いなことに、昼間、ティッシュ配りからもらったティッシュがある。確か、上着のポケットにいれておいたはずだ。それで拭けばいいんだ。

そうして、おれは、腸の中身をすべて、ひねり出した。

はぁぁぁぁぁぁ。

尻をティッシュで拭きながら、その解放感に恍惚《こうこつ》としていると、あれ？　と、脳の奥にしまい込んでいた記憶がひょっこりと顔を出した。

ここって。見覚えがある。そう、まさにここから見る景色。大通りがあって、歩道橋があって、コンビニのネオンボードがあって。

「あ」

おれの記憶が完全に覚醒《かくせい》した。

「ペットショップをネットマップの画像で探していたときに、見た光景だ！」

つまり、このビルは、……ペットショップが入っていた古いビルの跡地に建ったのか？

そうだ。間違いない。

どうして、今の今まで、気がつかなかったのだろう。……仕方がない。がらりと変わってしまったからだ。ネットの地図で見たときは、この辺は小さな雑居ビルがひしめき合っていた。たぶん、その雑居ビルを一掃して、このタワービルを建てたのだろう。一階から十五階まではオフィスフロア、そしてその上が賃貸住居。

そして、おれは今、まさに、住居階に続く住人専用のアプローチにしゃがみこんでいる。このアプローチ部こそ、例の雑居ビルがあった場所だ。

「……運命か？」

おれは、やつがよく口にしていた言葉を、つぶやいた。

そう、あの御曹司。

御曹司は、去年、刑務所の中で自殺した。あいつが逮捕されたのは、おれにも一因がある。検察に参考人として呼ばれたとき、検察があらかじめ用意していた供述書に、黙ってサインした。供述書に書かれていたことはまったく知らないようなことばかりだったが、検察に刃向かうとおれまでとばっちりがくる。そんな保身から、おれはサインをしてしまったのだ。

その供述書は、重要な証拠として裁判所に採用された。検察が一方的に作り上げた証拠なのに。でも、法廷に証人として召喚されたおれは、裁判官の問いにも「間違いありません」と言うしかなかった。

それが決定打となり、あいつは、三年の実刑をくらった。

罪状は、選挙違反だったか談合罪だったか。いずれにしても、あいつは、おやじとともに刑務所送りになった。そして、その一年後、あいつは死んだ。

その事実が小さな棘《とげ》となって、おれの記憶の奥に突き刺さっている。

そして、たとえば今のような無防備な状態のときに、その棘が記憶の中から飛び出してくる。

「そうか、ここは、あのペットショップがあった場所だったんだ」

おれは、しゃがんだまま、罪悪感と懐かしさがないまぜになった感情にくるまれた。

と、そのときだった。

視界の端に、なにかがよぎった。

それは、火の玉のようなふたつの光。

「え？」

視線をそちらの方向に定めると、植え込みの中、ふたつの光がこちらを見ている。

「なんだ？」

と、大通りから、けたたましいサイレンの音。その音に反応するかのように、ふたつの光がぴょんと飛び上がった。その拍子に、アプローチの灯がその姿を露《あらわ》にした。

「……猫？」

それは一瞬だったが、グレーのもふもふだった。

「もふもふちゃん？」

おれは、いつだったか御曹司に見せられた待ち受け画面を咄嗟に思い浮かべた。

そのフォルム。ひどく似ている！

「もふもふちゃん？」

おれは、今、自分がどんな状態なのかも忘れて、その名を呼んだ。もっとも、「もふもふ」というのは御曹司が勝手につけた名前だから、それに反応するはずもないのだが。でも、おれには妙な確信があった、あれは御曹司が一目惚《ひとめぼ》れした、もふもふだ！

「もふもふちゃん……！」

おれは、追いかけようと立ち上がった。と、そのとき、自分が置かれた状況をようやく思い出した。

パンツごとズボンを脱いで、尻を丸出しにして脱糞《だっぷん》していたところだった。

思い出したら、急に羞恥心《しゅうちしん》という現実も押し寄せて来た。

「やば。逃げなくちゃ！　誰かに見つかる前に！」

おれは大急ぎでパンツとズボンを穿《は》くと、ブッと尻を拭いたティッシュをそのままに、予定通りコンビニに向かった。そして、ゴム製のラッパのような、すっぽんすっぽんを買い求めた。


翌日。

エントランスの掲示板に、『マンションの敷地内で、大便をしないでください』という貼り紙をみつけた。

おれのことだ。が、そんなことはもちろんおくびにもださず、「誰かのいたずらでしょうかね？」と、たまたまそこにいた清掃員に話しかけてみる。「それとも、猫かもしれませんよ？」

「猫？」

「はい。アプローチの茂みで、見かけたんですよ、猫を。大きな猫でしたので、人間がするような便をしてもおかしくない」

「いや、絶対、猫じゃないですよ」

「どうしてです？」

「だって、紙がありましたから。ティッシュペーパーが。猫が、ティッシュペーパーで、お尻、拭きます？」

　あ、しまった。おれは、慌てて話題をすり替えた。

「そんなことより、トイレが詰まっちゃったんですよ」

「え？」

「コンビニにすっぽんすっぽんが置いてあったからよかったようなものの、なかったら、大惨事でした」

「今はもうちゃんと流れているんですね」

「はい」

　なら、それでいいじゃないか。というように、清掃員が無言で仕事を再開した。それがなんとも無礼な感じだったので、

「困るんですよ、トイレが詰まりがちで」

　と、おれは食らいついた。すると、

「そういうのは、管理会社に言ってください。では」

　ますます、ムカつく。おれはさらに食らいついた。

「ああ、じゃ、鳩の糞」

「鳩の糞？」

「はい。鳩の糞が、ベランダにべったり。困るんですよね！」

「そういうことも、管理会社に言ってください」

「あ、それと、騒音が――」

「それも、管理会社に言ってください」

そして清掃員は、面倒な酔っ払いをまくように、オフィス階に続くアプローチへと消えていった。

ちぇっ。

それからというもの、おれは、アプローチに差し掛かると便意を催すようになった。しかも、強烈な便意。とてもじゃないけれど、部屋まで我慢できないほどの便意。

まったく、なんていう条件反射ができてしまったのか。

だから、仕方ない。おれは、今夜も野ぐそをひねり出す。

人間、一度慣れると、どんなことでも平気になってしまうものだ。

しかも、快感すら覚えている。誰かに見られるかもしれないという恐怖と、脱糞したあとの解放感が、癖になってしまっている。

が、それだけじゃない。

おれがいきんでいると、必ず、あの猫が現れるのだ。

いつのまにか、あの猫と会うのがおれの目的になっていた。

そして、今日も、暗闇に光るふたつの目。

来た！

おれは、尻を拭くのも忘れて、パンツとズボンを穿いた。そして、レジ袋の中からちゅ～るを取り出す。

そう、さっき、そこのコンビニで買ってきたばかりのちゅ～るだ。

「もふもふちゃん、ほら、ちゅ～るだよ？　まぐろとささみと海鮮ミックス、どれがいい？」

などと声をかけてみるも、猫はすでに気配を消していた。

「今日も、空振りか」

しかし、おれはいったい、何をやっているのだろう。

猫を待ちながら便をひねり出し、そして大量のちゅ～るがつまったレジ袋をぶら下げながら、猫を追いかけている。

……本当に、何をやっているのだろう。

それもこれも、御曹司のせいだ。

ここ数日、御曹司が夢枕に立つ。そして、恨めしそうにおれに何か語りかける。お陰で、まったく眠れない。

しかも、最近では、寝ていないときでも、御曹司が現れる。

ほら、今もそこにいる。

きっと、御曹司は成仏できないでいる。そしておれを恨んでいる。

いったい、どうしたら成仏してくれるんだろう?

そうだ。あの猫を捕まえて、おれがちゃんと飼ってやれば、御曹司も許してくれるかもしれない。

我ながら馬鹿馬鹿しいとは思ったが、一度そう思ったら、それしか正解がないように思われた。

とにかく、あの猫を捕まえなくては!

それから数日後のことだ。

『ここ数日、敷地内で大便が何度も何度も何度も確認されました。今度、このようなことがありましたら、警察に通報します。本当に、通報します!』

エントランスの掲示板に、新たな貼り紙が。

「いったい、誰の仕業なんでしょうね」

おれは、たまたまそこにいた清掃員に話しかけてみた。

「さあ、誰なんでしょうね。……管理会社は、犯人を特定しているようですが」

「え?」

「監視カメラに、ばっちりうつっているようですよ」

「監視カメラ……？」

おれの背中に、冷たい汗が大量に流れ落ちた。

……しまった。監視カメラの存在を、すっかり忘れていた！

「この貼り紙にあるように、今度、同じことをしたら、警察に通報するようです」

警察……。

「これから、お仕事ですか？」

「え？　ええ、……いえ、行こうと思ったんですけど、なんかちょっと熱があるようなので、やっぱり、家で休むことにします」

そして、おれは、逃げるようにその場をあとにした。


その日以来、おれは部屋を一歩も出ていない。

万が一、アプローチで強烈な便意を覚えたら、もうおしまいだからだ。おれは、警察に通報されてしまう。

でも、一番の理由は、この高熱だ。清掃員に言ったことは嘘ではない。本当に熱があるのだ。

いくら初夏とはいえ、夜中に猫を探し続けたのがいけなかった。……夏風邪をひいてしまったようだ。

今日で、一週間だ。

おれは、水だけでなんとか生きている。

デリバリーでピザやらデザートやら弁当やら頼んだのだが、食べる気がしない。すべて、玄関に放置したままだ。そのせいか、ここのところ、強烈な腐敗臭が部屋を漂っている。もっとも、おれの鼻はつまっているようで、あまり気にならないが。でも、一度、管理会社から連絡がきた。「異臭がすると他の住民から苦情がでています」と。

適当な相槌をうって、そのときは電話を切ったが。

連絡といえば。数日前、コウジさんからメールが来ていた。

『ヤバい。警察の手入れがあった』

警察？　やっぱり、おれたちがやっていたことは、悪いことなんだ。詐欺行為だったんだ。まあ、薄々は気がついていたけれど。

『俺は逃げる。お前も逃げろ』

逃げろって、どこに？

おれは、地元も捨ててきた。逃げるところなんて、どこにもない。というか、熱でまったく頭が回らない。でも、ひとつだけ理解した。

おれは、救急車も呼べない立場なんだなぁと。

呼んだら最後、警察に捕まってしまうだろう。

とはいえ、このままここにいても、死んでしまうのだろう。

なにしろ、本当に熱が下がらない。水しか飲んでないのに嘔吐も激しく、下痢もすごい。

警察に捕まるか、このまま死ぬか。

なんて究極の二者択一。

やっぱ、バチがあたったのかな……。

それとも、御曹司の呪《のろ》いかな……。

ああああ、また、便意だ。なんだっていうんだ、水しか飲んでないのに、なんでこうも、頻繁に便意が！

おれは、這うようにトイレに向かった。

これは、最後のプライドだ。このまま孤独死したとしても、クソを垂らした状態では発見されたくない。アプローチではあんなに何度も野ぐそをし、しかもそれを監視カメラで記録されている身なのに、なんだか自分がおかしくなる。今更、プライドもなにもないだろう……と。

ああ、漏れる、漏れる……。

なんとかトイレにたどり着くと、おれは最後の力を振り絞って便器をよじ登り、そして座った。

炭のような真っ黒い便が出た。

死ぬ直前、黒い便が出ると、ばあちゃんから聞いたことがある。

ということは、たぶん、これが最後の便だ。

……おれは、ここで死ぬんだ。縁もゆかりもない、赤坂の地で。この便器の上で。

と、その瞬間だった。

おれは、姉の部屋で見つけた小説のタイトルを、唐突に思い出した。

「ベンキに死す……だ！」

あれ？　いや、なんか違う。

でも、……〝死す〟っていうのは合っているような気がする。〝べ〟も。

べ……死す……べ……死す……。

えっと、えっと、なんだっけな……えっと……。

えっと――

閑話

都内某所、猫カフェ。

そのバックヤードでは、総勢三十三匹のニャンキャストが、最高の「可愛い」を目指して、自分磨きに精を出している。

「というか、モナミちゃんは、なんで熱海から赤坂のショップに？」

まりも姐さんが訊くと、

「熱海で芸者をしていた人に保護されたんだ。その人の部屋は猫だらけでさ。あたいで四十五匹目だった。それがバレて大家さんに追い出されて。で、知り合いのツテで赤坂の古い雑居ビルの地下を借りて、キャバ嬢相手のペットショップをはじめたって筋書きさ」

「なるほど。……でも、モナミちゃんが保護されたのは、建って間もないビルのアプローチでしょう？　なんでそこにいたの？」

「あそこに、キャバ嬢相手のペットショップがあったんだ。で、あたいはあるキャバ嬢に売られてね。……二年ぶりにペットショップを訪ねてみたら、跡形もなくて。仕方がないから、しばらくはそこを根城にしていた」

「なんで、二年も？　そのペットショップは、お金のやりとりはするけど、実際に猫は引き渡さないのよね？」

「そう、本来はね。でも、一人だけ、本当に猫を飼ってみたいというキャバ嬢がいて。あたいを引き取ったんだよ。……牛のように豊満な胸を持つ人だった。この青い首輪をつけたのも、その人。

彼女、案外、可愛がってくれてね。でも、この春、男が転がり込んできて。そいつがひどい猫嫌いで。散々いじめられて、それで、元いた場所に逃げてきたってわけ」

「でも、まったく違うビルが建っていたのね」

「そう。そこには、一ヵ月ほどいたかな。でも、やたら鳩やらカラスやらがやってくるビルでね、鬱陶《うっとう》しいからそろそろ根城を変えようか……と思っていたところ、ここのオーナーさんに保護されたんだ。……ね、そんなことより、姐さんのパートナーさんがあそこに住んでいたって？」

「ええ、そうよ。さっき、テレビに出ていた人よ。間違いないわ。あたくしの元パートナーよ」

「ね、じゃ、その人に会いに行ってみない？」

「え？」

「ここを逃げ出して」

「でも」

「その人に会いたくないの？」

「……うーん。……まあ、どちらかといえば、会いたい……かも」

「なら」

「でも、あの人、お金、持ってないのよ。あたくしを飼って、ますます貧乏になってしまったの」

「もしかして姐さん、それで、身を引いた？」

「まあ、そんなところね。だから、会ってはいけないの。あの人、ますます貧乏になるわ」

「なに言ってんの。テレビ、見たでしょう？　あんな立派な部屋に住んでんだよ。貧乏なはずないじゃん」

「あ、言われてみれば、そうね。いかにも高そうな部屋だったわね」

「でしょう？　きっと状況が変わったんだよ。……ね？　だから、ここを逃げ出して、会いに行こうよ、まりも姐さん。あたい、こんなところにいたくないよ」

最終話

「まりもさん？　本当にまりもさんなの？」

そうよ。あたくしは、ブリティシュショートヘアのまりもよ。

「一緒にいる巻き毛のふわふわちゃんは誰？」

モナミちゃんよ。猫カフェの同僚。灰猫《グレにゃん》姉妹と呼ぶ人もいるわ。

「とっても綺麗な妹分ができて、よかったね」

あらいやだ。あたくしのほうが綺麗よ。

「相変わらずね、まりもさん」

そんなことより、お願いがあるの。モナミちゃんは、帰るところがないの。だから、この子も一緒に住んでもいいかしら？

「もちろんよ。一人と二匹で、仲良く暮らしましょう」

あら？　そういえば、くまのべっくんは？

「べっくんも元気よ。……そういえば、いないわね。どこに行ったのかしら。べっくん？」


……べっくん！

自分の声に起こされる。

なんだ、夢か。

久しぶりに、べっくんの夢を見た。

くまのぬいぐるみのべっくん。

でも、とっくの昔に、べっくんとは離れ離れになってしまった。

あれは、いつのことだったろう。

そう。前に住んでいた所沢のマンションを差し押さえられたとき、同時に家財も私物も一切合切、差し押さえられた。

その後、しばらくは小手指の家賃五万円のアパートに住んでいたが、なんの奇跡が起きたのか、突然のブレイク。私は、港区は赤坂の高級マンションの住人となった。

そう、私は成功を掴んだのだ。

が、その頃のことはよく覚えていない。

仕事につぐ仕事。次から次へとやってくる締め切りに追われ、生きているという実感も、そして時間の感覚すら失っていた。

……もしかしたら、すべて夢だったのかもしれない。

だとしたら、どこからどこまでが夢だったのだろう？

まりもさんと暮らしていたのも、もしかしたら、夢？

いずれにしても、確かなのは、今、私は西所沢駅から徒歩二十分のワンルームマンションに住んでいるということだ。マンションといっても築四十五年。家賃三万五千円の安マンションだ。

備え付けのエアコンも壊れたまま。管理会社に連絡しても「そのうち修理しに伺います」とだけ。一向に来る気配はない。

簡単にいえば、振り出しに戻ったのだ。

ブレイクも突然だったが、転落も突然だった。

あれは、母が亡くなった年だった。異動や出産を口実に、担当編集者たちが一斉に私から離れていった。そして、後任はなかなか決まらなかった。偶然ではない。たぶん、必然だ。「賞味期限切れ」とばかりに、見切りをつけられたのだ。それからは早かった。みるみるうちに仕事は減り、前年度は一千万円を超えていた年収が、翌年度には三百万円を切ってしまったのだ。当時私は西新宿のタワーマンションに住んでいたが、その年収では、とてもとても家賃は払えない。……そうして私は、所沢に居を移した。二年前のことだ。なぜ所沢なのかといえば、やはり、所沢には思い入れがある。

この地ではじめてマンションを購入し、作家デビューし、そして猫のまりもさんと暮らした。ああ、まりもさん。その名前を思い出すだけで、私はふわふわとした幸福感に包まれる。そうなのだ。私は、確かに幸せだった。

短い期間だったけれど、あんなに可愛らしくて、あんなに気高くて、あんなに優しい猫と暮らすことができて、最高に幸せだった。小説家として成功して高級マンションに暮らしていたときよりも、間違いなく幸せだった。

まりもさんは、あれからどうしたろう？

生きているだろうか。

生きていたとしたら、私のことなんかとっとと忘れて、幸せを摑んでいてほしい。そして時折、「そういえば以前、不甲斐《ふがい》ない飼い主と暮らしていたことがあったっけ」と思い出してくればいい。

いや、思い出さなくていい。私のことなんか、完全削除《デリート》してくれていい。

まりもさんが、幸せなら、それでいい。

まりもさんが幸せなら……。

ふと、涙がこぼれる。

涙は目尻をつたい、床を濡らす。

そう、私は今、床の上。起きられずにいる。南向きの窓から注がれる夏の太陽の日差しが、まさに殺人的だ。でも、カーテンを閉める体力もない。

そんな状態が丸二日。

このままでは、死んでしまう。……腐乱死体になってしまう。

そうしたらこの部屋は事故物件になり、事故物件サイト『小島サダ』に載るのだろう。

それだけは、避けたい。

私は、枕元のスマートフォンを手にした。

腐乱死体になるその前に　21・07・11 up

気がつけば、２０２１年。つまり、21世紀になって20年。作家デビューして15年。……そして、エアコンが壊れて、2年。今年も、冷房なしの夏がやってきた。

慣れとは偉大なもので、あんなに暑がりだった私も、32度ぐらいまでなら扇風機もいらない体になった。「私はみごと、暑さを征服したわ」などといい気になっていたのだが、その油断がいけなかった。

先日、〝熱中症〟というものになってしまった。それは、お風呂上がり。

とにかく、思考が定まらず、視界もぐらぐら。いつもの貧血かと思っていたのだが、お風呂のドアを開けたとたん、意識が鼻から抜け、そのまま失神してしまった。

「あ、死ぬな」と。そして、しばしの暗転。

気がつくと、私は天井近くにいて、ブザマな自身の姿を見下ろしていた。素っ裸で大の字でぶっ倒れている間抜けな中年女。

「あら、いやだ、みっともない。せめて下着をつけないと」そう思った瞬間、意識がすぅぅと体に吸い込まれ、目を覚ましたのだった。そのあと下着だけをつけて、再び暗転。

「あ、でも、このまま死んだら、この季節、腐乱死体になって、ご近所に迷惑だわ」と、もう一度目覚めた私は、匍匐前進で冷蔵庫まで行き、冷たい麦茶を一気飲みし、そのあと胃の中のものを全部吐き出すと、パンツ一枚でフローリングの床に倒れこんだ。

幸い、翌朝、（ゲロまみれの中）いつものように目覚めたわけだが、一歩間違っていたら、間違いなく死んでいたな……と。ここで、はじめて、一人暮らしの恐ろしさを実感したのだった。

今、私が死んだら、発見されるまでにかなりの時間を要するのは明らかだ。たぶん、腐敗臭がしてご近所さんが騒ぎ出し、それでようやく発見されるんだろう。それではあまりに申し訳ないので、せめて、腐乱死体になる前に発見されてほしいと思い、生存確認用に、日記もどきなブログをはじめることにした。

私の知人・友人、そして仕事関係の人がここをのぞきに来ていることを信じて。

追記

溜池山王にあるホテルのラウンジ。

天海空社の綿貫《わたぬき》緑子《みどりこ》とヨドバシ書店の八田千賀《ちか》が、ジャーマンアップルパンケーキを食べながら談笑している。

この二人は大学の先輩と後輩で、ときどきこうやって情報を交換している。

「作家の由樹《ゆき》マリコさんが亡くなって、一年ですね」

そう話題を振ったのは、千賀だった。

緑子は少し間を置いて、「もう一年か……」と、呟いた。

由樹マリコのことを思うと、少し後味が悪い。なにしろ、ありもしない「異動」を口実に、切ってしまった。彼女からはその後もときどきメールが来たが、すべて無視した。年賀状が来ても、返事をだすこともなかった。ずるずると縁を繋げていたほうが残酷だと判断したからだ。一度切った作家は、死んだものと思え。そう教えてくれたのは上司だ。そして、由樹マリコは本当に死んでしまった。

「酷い腐乱死体だったらしいですよ。しばらくは『行旅死亡人』として扱われたって聞きました」

千賀が、ジャーマンアップルパンケーキを頰張《ほおば》りながら言った。

「行旅死亡人……」緑子は、ふと、手を止めた。

「そういえば、聞いたことがあります。昔、ある女流作家が自宅マンションで孤独死、やっぱり『行旅死亡人』として扱われたって」

「もしかして、平間唯子？　『私という殺人者』の？」

「ああ、はい、そうです。そんな名前でした」

「あれは、孤独死ではなくて、殺人よ。雑誌編集者に殺害されたのよ」

「え？　そうなんですか？」

千賀は、手元のスマートフォンを引き寄せた。そしてしばらくは検索に没頭していたが、詳しい記事を見つけられなかったのか、やおら顔を上げた。

「いずれにしても、一人暮らしって怖いですね。自宅で死んでも、『行旅死亡人』だなんて。つまり、身元不明ってことですよね？　由樹さんの場合、誰が身元を確認したんです？　確か、母親は亡くなっていますよね？」

「身元を確認したのは、母親の妹、つまり叔母さんみたい」

「もしかして、『悪いほうのおばさん』ですか？」

「そう。でも、『喘息だから』という理由で、遺体の引き取りは断ったらしいよ」

「さすが、『悪いほうのおばさん』。……じゃ、誰が遺体を引き取ったんです?」

「轟書房の担当みたい。由樹さん、あそこからデビューしたから、その縁で仕方なく……って感じでしょうね」

「なんか、やるせない最期ですね。ドロミスのクイーンと一時はもてはやされていたのに。……天狗《てんぐ》になったのがいけなかったですね」

「ほんと。天狗になって、『原稿の締め切りを延ばしてくれ』なんて言い出すから」

本当は、そんなことが理由ではない。売れっ子作家なら、天狗になろうが締め切りを破ろうが、決して切ることはない。……そう、由樹マリコは売れなくなったのだ。いや、はじめから売れていなかったのだ。たまたま一作だけが奇跡的にヒットしただけで、あとは散々だった。

「そうそう、聞いた話だと、由樹さんの遺体、どういうわけか顔の皮が剝がれた状態だったんですって。まじ、怖くないですか?」千賀が目を爛々とさせながら言った。「もしかして、……猟奇殺人だったのかも?」

「それはないと思う。以前、私のマンションでも同じような孤独死があったんだけど、やっぱり、顔の皮が剝がれていたらしい」

「え? どういうことです?」

「熱中症で死ぬと、顔の皮が剝がれることがあるんだって。たぶん、長時間直射日光にあたって、火傷《やけど》みたいな状態になるんじゃないかな。私のマンションで起きた孤独死も死因は熱中症で、亡くなってからも窓からの直射日光をずっと浴びていたみたいだから」

「なんだ。じゃ、やっぱり、事件性はないんですね」千賀が、あからさまに落胆してみせた。

「なにをがっかりしているの。それ、さすがに不謹慎。……いい？　いくら売れない作家とはいえ、人が一人亡くなっているのよ。っていうか、前々から気になっていたんだけど、あなたって無神経なところがあるよ？　それに――」

ちょっと説教してやろうと姿勢を正したところで、千賀は突然、帰り支度をはじめた。

「……あ、もう、私、そろそろ行かなくちゃ」

「なに？　仕事？」

「はい、そうです。これから、灰猫《グレにゃん》姉妹の取材なんです」

「グレにゃん姉妹？」

「知りません？　今、ユーチューブでブームになっている『保護猫カフェチャンネル』の灰猫《グレにゃん》姉妹。ほら、これ」

千賀が、スマートフォンの画面をこちらに向けた。そこに表示されているのは、黄色い首輪のもふもふと、青い首輪のもふもふ。どちらも灰色の猫だ。

千賀は続けた。

「そういえば、由樹さんも猫を飼ってませんでした？　『まりも日記』とかいう短編で、そんなようなことが。……確か、3・11のドサクサで、いなくなっちゃったんでしたっけ」

「当時で一歳とちょっとだから。……今、生きていたら、十二歳ぐらい？」緑子は、記憶をたどった。「そうそう。由樹さんの古いブログを閲覧していたら、猫の画像がアップされていて。……そう、その猫も灰色の猫で、黄色い首輪をしていて……。まさに、こんな感じ」

緑子は、スマートフォンに表示されているまんまると太ったもふもふを、指さした。

この小説は、基本、フィクションです。

しかしながら、「まりも日記」に関しては、私が実際にアップしているブログからところどころ引用しています。つまり、虚実ごっちゃまぜです。どこからどこまでが「虚」で、どこからどこまでが「実」なのか。お暇があれば、ブログの内容をまとめた『おひとり様作家、いよいよ猫を飼う。』（幻冬舎文庫）をご参照ください。（真梨幸子拝）

初出

まりも日記　『ニャンニャンにゃんそろじー』（講談社文庫）
閑話　書下ろし
行旅死亡人～ラストインタビュー～　「小説現代」２０１７年12月号
閑話　書下ろし
モーニング・ルーティン　「メフィスト」２０２０年 Vol.1
閑話　書下ろし
ある作家の備忘録　「メフィスト」２０２０年 Vol.2
閑話　書下ろし
赤坂に死す　「メフィスト」２０２０年 Vol.3
閑話　書下ろし
最終話　書下ろし
追記　書下ろし

真梨幸子 まり・ゆきこ

1964年宮崎県生まれ。1987年多摩芸術学園映画科（現・多摩美術大学映像演劇学科）卒業。2005年『孤虫症』で第32回メフィスト賞を受賞しデビュー。2011年文庫化された『殺人鬼フジコの衝動』が累計50万部を超えるベストセラーに。著書に『女ともだち』『人生相談。』『5人のジュンコ』『三匹の子豚』『縄紋』『聖女か悪女』『フシギ』など多数。

まりも日記《にっき》

2021年6月15日　第一刷発行

著者　真《ま》梨《り》幸《ゆき》子《こ》

発行者　鈴木章一

発行所　株式会社講談社
〒112-8001
東京都文京区音羽2-12-21
電話　出版　03-5395-3506
　　　販売　03-5395-5817
　　　業務　03-5395-3615

本文データ制作　講談社デジタル製作

印刷所　豊国印刷株式会社

製本所　株式会社国宝社

KODANSHA

ISBN978-4-06-523525-6 N.D.C.913 270p 19cm